UNE

HAINE TERRIBLE

DRAME EN CINQ ACTES EN VERS

SOISSONS 1106

PAR

Le Docteur Ferdidand Huchard

ORAN

IMPRIMERIE A. DUPONT, BOULEVARD SEGUIN, 10

1888

UNE

HAINE TERRIBLE

DRAME EN CINQ ACTES EN VERS

SOISSONS 1106

PAR

Le Docteur Ferdidand Huchard

ORAN

IMPRIMERIE A. DUPONT, BOULEVARD SEGUIN, 10

1888

PERSONNAGES

LE COMTE DE TOULMÊME.
ADRIEN, son fils.
VICOMTE DE CERVEUSE.
BARON DE COURCY.
VICOMTE BERNARD.
RICHARD, écuyer du Comte.
GIRARD, soldat, puis écuyer
  du Comte.
LE BOITARD.
LE PÈRE JEAN.
PREMIER SOLDAT.
DEUXIÈME SOLDAT.
TROISIÈME SOLDAT.
QUATRIÈME SOLDAT.
PREMIER TROUBADOUR.

DEUXIÈME TROUBADOUR.
UN VALET.
UN SERF.
AUTRE SERF.
LE VICOMTE BONNARD.
UN HÉRAULT.
CHEVALIER DU TERRIEN.
CHEVALIER DU VERNON.
LA BERTOUD.
LOUISE.
SUZETTE.
PETITE JEANNE.
LA NOURRICE.
LA MÈRE DE LA NOURRICE.

SOLDATS, SEIGNEURS, DAMES, VILAINS ET SERFS

UNE HAINE TERRIBLE

ACTE PREMIER

PROLOGUE

LA SUBSTITUTION

La scène représente une salle du Château. — A droite une grande porte. En face une autre porte qui met en communication cette pièce avec un couloir. Tout à côté mais un peu sur la gauche se trouve la nourrice endormie près de l'enfant du Comte. Enfin tout-à-fait à gauche une haute fenêtre donnant sur le vaste et profond fossé qui entoure le Château et qui est rempli d'eau.

SCÈNE PREMIÈRE

La porte de face s'ouvre lentement, une femme paraît avec un enfant sur le bras et caché sous son manteau. Elle se découvre. Il fait nuit

LA BERTOUD

J'ai glissé comme une ombre à travers le château.
Profitant de la nuit et sous ce noir manteau,
J'ai pu jusques ici, malgré les sentinelles,
Pénétrer en rampant presque sous leurs prunelles.

Regardant la nourrice endormie

Une femme ? Elle dort. Ne faisons aucun bruit.

Comme se parlant à elle-même

Etrange sentiment qui chez moi s'est produit !
Pauvre enfant ! Je te perds, mais du moins je me venge...
Il t'a fait orphelin, lui, le bourreau, cher ange !
Eh bien sois son enfant... sois heureux... venge-nous !

Elle défait les vêtements de l'enfant qui est endormi pour les mettre au sien ; elle habille ensuite l'enfant du Comte avec ceux de son fils ; enfin elle place ce dernier dans le petit lit et dépose l'enfant du Seigneur à proximité de la fenêtre. Revenant près de son fils.

Ta mère est près de toi pleurant à tes genoux ;
C'est qu'il m'en coûte, enfant, et grand est mon supplice
De faire en me vengeant un si dur sacrifice.
Ne plus te voir jamais si ce n'est que de loin,
Et sans toi vivre, hélas ! Tristement dans mon coin.

Ne plus te caresser et ne plus te sourire,
T'aimer avec ardeur sans pouvoir te le dire ;
Ne plus sentir ton cœur palpiter sur le mien,
Renoncer à jamais à posséder mon bien !. .
Mais près de toi ton père est là criant : « Vengeance ! »
Et je dois dans mon cœur étouffer ma souffrance.
Adieu donc. Tu vivras loin de la pauvreté !
Tu seras même un jour puissant et respecté !
Et maintenant mon cœur reprends tout ton courage !
Il faut avant le jour que je rentre au village,
Je pars, mon fils, adieu... Vis heureux sous ces tours ;
Je serai toujours là pour protéger tes jours.

Regardant fixement la porte de droite.

Ah ! Tu pensais, tyran, que ton affreux repaire,
Te mettait à l'abri de mes coups, téméraire !
Tu pensais que l'on peut éviter le courroux
D'une femme dont on vient d'immoler l'époux...
Eh bien, prends donc mon fils, je prends le tien, mon maître !

Elle part par la fenêtre en adressant un dernier baiser à son fils.

SCÈNE II

RICHARD, <small>écuyer du Comte</small> ; LA NOURRICE et L'ENFANT ;
PLUSIEURS SOLDATS

RICHARD, aux soldats

Il faut vous tenir prêts, car le jour va paraître.

S'approchant de la nourrice endormie.

Eh bien, femme, tu dors et ne crains point le vent,
Ni le diable...

Montrant aux soldats la croisée entr'ouverte.

Fermez cette croisée avant

Que le Comte ne vienne. Il t'en dirait quelqu'une
De vouloir de ce temps sombre admirer la lune.

Richard et la nourrice avec l'enfant se retirent.

SCÈNE III

SOLDATS

PREMIER SOLDAT, dirigeant ses regards du côté du fossé rempli d'eau

Tiens ! qu'aperçois-je ici ? regardez...

DEUXIÈME SOLDAT

Eh bien, quoi ?

PREMIER SOLDAT

Voyez-vous s'agiter une ombre ?

TROISIÈME SOLDAT

Mais oui...

QUATRIÈME SOLDAT

Moi,

Je ne distingue rien...

DEUXIÈME SOLDAT

Et si c'était le diable ?

TROISIÈME SOLDAT

Se promenant sur l'onde !

DEUXIÈME SOLDAT

Il en est bien capable.

PREMIER SOLDAT

Regardez par ici l'ombre s'éloigne et fuit.

TROISIÈME SOLDAT

On dirait un radeau qui vogue dans la nuit.

PREMIER SOLDAT

Oui... quelqu'un est dessus et le dirige à terre.
Que penser ?

TROISIÈME SOLDAT

Tout cela n'est pour moi que mystère...

QUATRIÈME SOLDAT, GIRARD

Vous ne voyez donc pas que c'est quelque maraud
Qui s'amuse de nous.

PREMIER SOLDAT

Amis, parlez moins haut.
Au moment où la nuit nous couvre de ses voiles,
— Ecoutez — on a vu, grâce au feu des étoiles,
Une femme rôder aux abords des fossés.
Plusieurs à son aspect demeurèrent glacés...
L'air sinistre, on la vit, rampant comme un reptile

Glisser en maints endroits d'un tour de main habile.
On la vit, parait-il, passer près des soldats
Dispersés sur les murs, en étouffant ses pas.
Au château nul s'en doute et pourtant au village,
Elle fait tous les frais de chaque commérage.

TROISIÈME SOLDAT

Ce que tu contes là nous amuse beaucoup...

QUATRIÈME SOLDAT

Mon cher, elle eut reçu déjà quelque bon coup.

GIRARD

C'est aussi mon avis.

TROISÈME SOLDAT

Aurais-tu l'arrogance
De penser qu'elle eut pu passer près de ma lance ?

PREMIER SOLDAT

Je jure qu'on l'a vue ! et moi même un matin
Au petit jour... C'était elle j'en suis certain.
Il me semble encor voir cet œil noir qui me darde !
J'étais près de la herse et faisais bonne garde,
Lorsque soudain j'entends près de moi certain bruit.
Je m'avance... mais l'ombre avait fui dans la nuit !
J'écoutais cependant. Après un long silence,
J'entendis ces seuls mots : « Mon maître, patience ! »
Puis, je ne vis plus rien.

GIRARD

Ça, si vous m'en croyez,
Nous devons écraser ce serpent sous nos pieds !
Ah ! vous verrez enfin ma nocturne tigresse,
Qu'on ne plaisante pas dans une forteresse !

DEUXIÈME SOLDAT

Plaise à Dieu que son sang ne jaillisse sur moi !

GIRARD

Tiens ! tu trembles, mon cher... qui te met en émoi ?

DEUXIÈME SOLDAT

Ah ! fuyez ce démon que le diable protège...
Il lancerait sur nous quelque noir sortilège !

GIRARD

Amis, n'écoutez pas ce cri de lâcheté,
Repoussons loin de nous celui qui l'a jeté.
Nos corps sont sillonnés de quelque forte entaille,
Car nous avons vaincu sur les champs de bataille.
Fuyons donc le soldat en proie à la terreur,
Qui croit nous voir trembler et frissonner d'horreur.
Si cette ombre revient, mes amis, qu'on m'appelle !
Je l'enverrai dormir dans la nuit éternelle...
C'est un traître, un bandit, ou quelque esprit moqueur,
Et vous iriez, amis, ainsi manquer de cœur !

PREMIER SOLDAT

Jamais.

QUATRIÈME SOLDAT

Ni moi.

TROISIÈME SOLDAT

Ni nous.

PREMIER SOLDAT

Tu nous parles en brave.

GIRARD

Non .. de basses terreurs, je ne suis point l'esclave !

SCÈNE IV

LES MÊMES ; LE COMTE qui écoutait depuis un moment leur conversation ;
RICHARD

LE COMTE

Bien parlé, mon ami. Merci de ta valeur.
Ta voix fait tressaillir et vibre avec chaleur.
J'ai toujours fort prisé les hommes intrépides,
Je n'aimerai jamais les lâches, les timides...
Mieux que jamais je sais que vous êtes des preux,
Mais, hélas ! j'ignorais que j'avais un peureux.
Enfermez ce soldat dans quelque cachot sombre,
Dans huit jours tu diras si tu crains toujours l'ombre.

DEUXIÈME SOLDAT, se jetant aux pieds du Comte

Doux Seigneur...

LE COMTE

Qu'on l'emmène !

DEUXIÈME SOLDAT

Ah ! je l'avais bien dit,
Que sur moi tomberait quelque destin maudit !...

Richard fait signe de s'emparer de lui. Deux soldats l'entrainent. Richard sort avec eux.

SCÈNE V

LE COMTE, LES SOLDATS, GIRARD

LE COMTE, s'avançant vers Girard

Je tiens à profiter de ton expérience,
N'as-tu pas désormais, Girard, ma confiance ?
Mon fils part aujourd'hui. Redoutant un malheur,
Il me faut à l'escorte un homme de valeur.
J'en fais de toi le chef.

GIRARD

Ah ! Seigneur...

LE COMTE

Je me fie
Entièrement à toi pour protéger la vie
De mon fils.

GIRARD

Comptez sur mon dévouement, Seigneur...
Je saurai me montrer digne d'un tel honneur.

LE COMTE

Ecoute. Sois prudent, et fuis les embuscades,
Je ne demande point qu'on fasse des bravades.
Les chemins de nos jours sont souvent désastreux.
Sois avisé surtout aux endroits dangereux.
Pourtant s'il fallait faire usage de la lance,
Alors tu montrerais ce que peut ta vaillance.
Je ne crois pas qu'il soit utile d'insister,
N'ayant pour le moment qu'à te complimenter.
Et maintenant choisis pour faire ce voyage,
Ceux qui te paraîtront offrir le plus grand gage.

GIRARD

Trente de mes amis suffiront amplement.

LE COMTE

C'est bien.

GIRARD

Nous seront prêts, Comte, dans un moment.

Les soldats sortent par la porte de face, Girard en tête.

SCÈNE VI

LE COMTE, seul

Oui, toujours cette femme ! ah ! vipère, prends garde !
Ce poignard pourrait bien t'entrer jusqu'à la garde !
Quoi ! Tu ne sais donc pas ce que je puis trouver,
Imprudente ! et tu crois que l'on me peut braver
Impunément ! souvent à ces jeux on s'expose...

SCÈNE VII

LE COMTE, RICHARD

RICHARD

Qu'est-il donc arrivé, vous me semblez morose ?

LE COMTE

Ah ! Richard, mon ami, mon fidèle écuyer,
Toi qui toujours pour moi, fus l'ami du foyer
Enfin sans plus tarder laisse-moi tout te dire...

RICHARD

Est-ce vrai, dans vos yeux, Comte, il me semble lire
Quelque sombre souci ?

LE COMTE

Tu ne te trompes pas.

RICHARD

Vous si puissant ! qui peut vous donner du tracas !
N'êtes-vous pas partout respecté, redoutable ?
Je ne vois donc, Seigneur, rien de si lamentable
Pour vous inquiéter ?

LE COMTE

Richard, écoute-moi
Tu vas dans un instant comprendre mon émoi.
Mais d'abord laisse-moi te conter cette histoire.
Deux mois se sont passés... j'ai très bonne mémoire.
Depuis longtemps Bertoud m'avait fort irrité,
Et prenait avec moi des airs de volonté.
Je n'ai jamais permis qu'aucun vassal me choque,
Je punis aussitôt quiconque me provoque.
J'allai donc dans son fief, suivi de mes soldats,
Il pouvait s'excuser... il ne le voulut pas.
Au contraire, il montra beaucoup trop d'arrogance.
J'étais outré, Richard, de son extravagance.
Et le sang aussitôt me monta jusqu'au front.
J'avais pris mon poignard j'étais sur lui d'un bond,
Je le frappais trois fois en enfonçant la lame.
Il tomba foudroyé. Parut alors sa femme...
J'avais devant les yeux un nuage de sang
Et ne vis point d'abord son régard frémissant.
Elle était près de lui d'une pâleur extrême...
Je lui vis plusieurs fois embrasser son front blême.
Puis, se dressant soudain comme un tigre en fureur
Elle vint près de moi, j'eus un frisson d'horreur...
Elle avait dénoué sa longue chevelure
Ses doigts étaient tâchés du sang de la blessure;
Ses lèvres frémissaient et ses yeux en courroux,
Etaient sur moi braqués et n'avaient rien de doux.
Tout son corps frissonnait et témoignait la rage.
Cependant je venais de reprendre courage.
Par son aspect hideux un moment terrassé,
Je me faisais enfin à son œil courroucé,
Je tirai mon épée et m'avançant sans craindre :
Prends garde, je lui dis, je vais enfin t'étreindre !
Mais au même moment découvrant son poignard,
Elle voulut frapper, c'était déjà trop tard.
Par une main de fer, ma dague était tenue,
Et lourde s'abattait sur sa poitrine nue.
C'est alors qu'elle dit, le visage empourpré :
« C'est sur ton fils bientôt que je me vengerai ! »
Puis je ne vis plus rien s'agiter dans la chambre,
Elle avait fui... ceci se passait en décembre.

RICHARD

Se peut-il ? Ce récit me laisse consterné.

LE COMTE

Tu vois de quels dangers je suis environné.

RICHARD

Je comprends maintenant la cause du voyage.

LE COMTE

Oui, je laisse à ma sœur les soins de son jeune âge.
La Bertoud n'ira pas le chercher aussi loin,
Et là, du moins, mon fils trouvera quelque soin.

RICHARD

Mais j'y songe !

LE COMTE

Quoi donc ?

RICHARD

Quand vient le soir cette ombre
Que l'on voit tout-à-coup glisser dans la nuit sombre
Si c'était !...

LE COMTE

Hélas ! oui.

RICHARD

Mais il faudra. .

LE COMTE

Richard,
Je saurai me garder.

RICHARD

Ce n'est point par hasard,
Que l'on voit sur les murs, les tours ou les décombres,
S'agiter tous les soirs quelques lugubres ombres ;
Et les esprits malins dont on parle souvent,
Se gardent, je le crois, de se montrer au vent.

LE COMTE

Je le sais.

RICHARD

Mais alors?

LE COMTE

      Oh ! pourquoi donc m'en plaindre ?
Mon fils étant parti, je n'ai plus rien à craindre.
Mais parlons d'un sujet moins lugubre et moins noir ;
Je désire égayer aujourd'hui mon manoir ;
Quoi de plus beau, dis-moi, que de rendre justice
Aux grands et nobles cœurs ? l'heure est toujours propice.
J'ai donc songé, Richard, à combler un cœur grand
De bienfaits mérités qui rehaussent son rang.
Ami, depuis longtemps, je connais tes services,
Ton loyal dévouement et tous tes sacrifices.
Il est juste aujourd'hui que j'en paye le prix.
Tu vois, mon cher Richard, que je t'avais compris,
Je te donne le fief de Bertoud... Sois vicomte !

RICHARD

Quoi ! se peut-il ?... Comment vous remercier, Comte !

LE COMTE

Nous sommes à jamais l'un à l'autre liés,
Et devons-nous conduire en bons associés.
Désormais souviens-toi ; tu me dois assistance,
Tu me dois protéger et prendre ma défense ;
De tout ce que je fais me garder le secret ;
Etre un vassal, de bras et de cœur, et discret.
Tu dois me révéler tout complot qui se trame,
Prendre mes intérêts, de ma vie être l'âme !

RICHARD

Dès aujourd'hui, Seigneur, en moi vous pouvez voir
Un vassal qui toujours connaîtra son devoir.

LE COMTE

C'est bien, retirez-vous.

RICHARD

      Encore merci, Comte,
Et croyez à ma foi pour la vie.

LE COMTE

      Oui, j'y compte.
         Richard s'éloigne.

SCÈNE VIII

GIRARD, suivi de son escorte ; LE COMTE ; UN VALET, puis la foule de Paysans parmi lesquels on remarque LE PÈRE JEAN et LA BFRTOUD qui se cache derrière les Paysans. Ceux-ci viennent deux à deux faire leurs salutations au Comte.

GIRARD

Seigneur, tous mes amis sont là. Nous sommes prêts
A partir, tous armés jusques aux dents.

LE COMTE

Entrez.
Mes compliments, Girard. Avec si belle escorte
Je ne redoute pas que ton voyage avorte.

UN VALET

Seigneur, un envoyé veut vous parler ici,
Il vous vient de la part du baron de Courcy.

LE COMTE

Un instant...

UN VALET

Seigneur...

LE COMTE, se retournant

Hein ?

UN VALET

Quelques gens du village,
Sachant que votre fils doit partir en voyage,
Viennent le saluer.

LE COMTE

Je consens pour ceux-là.
Tu peux les faire entrer de suite.

UN VALET

Les voilà. Il se retire.

Paysans et Paysannes entrent et après avoir salué le Comte se rangent autour du théâtre à côté de l'escorte de Girard. Le Comte occupe le milieu de la Seine.

LE PÈRE JEAN, air solennel et grave

Je viens auprès de vous implorer une grâce.

Me reconnaissez-vous ?　Le Comte fait signe que non.
　　　　　　　　Oui, tout souvenir passe
Et s'envole, je sais, quand arrive le temps.
J'ai, comme vous voyez, soixante dix-sept ans.
Je vous ai vu tout jeune à cette même place.
Vous portiez déjà haut l'air grand de votre race.
Je servais au château même sous votre aïeul.
C'est là que je le vis recouvert du linceul.
Pour votre père un jour j'ai reçu la blessure
Qu'ici vous pouvez voir encor sur ma figure
C'était dans un combat. D'un pas mal assuré,
Votre père s'était hélas ! aventuré.
Accablé d'ennemis sur la première ligne,
Il fléchissait. Soudain aux soldats je fais signe
Et m'avance vers lui. Mais pour le secourir
Il fallait bravement s'apprêter à mourir.
J'accourai d'un seul bond tombant dans la fournaise...
Seigneur, ils étaient là contre lui plus de seize.
Mon corps percé de coups le sauva du péril.

　　　　　LE COMTE, avec hauteur

Pour prix d'un tel secours, dis-moi, que te faut-il ?
De l'or ? Ou t'affranchir de quelque redevance ?

　　　　　LE PÈRE JEAN, d'un ton piqué

Ceci vaut bien, je crois, de la reconnaissance.
Du reste un tel exploit ne se fait pas payer :
Il ne me manque rien, Seigneur, dans mon foyer.
Je suis un vieux soldat et n'ai pas l'âme basse
Pour mendier ainsi, regardez donc ma face !

　　　　　LE COMTE

Alors que te faut-il, ô vieillard insolent ?

　　　　　LE PÈRE JEAN

Vous me voyez, Seigneur, près de vous chancelant.

　　　　　LE COMTE

Parle ! sur quel sujet, vieillard, tu t'inquiètes.

　　　　　LE PÈRE JEAN

Vous avez fait, on dit, jetter aux oubliettes,
Mon fils, mon pauvre enfant, le seul qui me restait.
Que vais-je devenir ? Seigneur, il abritait

Mes vieux jours. Voudrez-vous le priver à son père ?
Vous êtes tout puissant, donc vous pouvez tout faire.
J'attends que vous vouliez le mettre en liberté,
Seigneur ; vous prouverez ainsi votre bonté.

LE COMTE

Je ne le puis.

LE PÈRE JEAN

Seigneur...

LE COMTE

Je ne puis, c'est un lâche.

Allons...

LE PÈRE JEAN

Malheur à vous !

LE COMTE

Tiens ! vieillard, on se fâche.
Empoignez-moi, soldat, cet impudent vieillard !
Personne, m'entends-tu, n'affronte mon regard.
Je ne redoute rien, mais devant moi tout tremble,
Qu'il aille avec son fils, ils seront bien ensemble !

LE PÈRE JEAN, menaçant et près du Comte.

O despote ! ô vautour, qui ris de ma douleur...
Entends mon dernier mot : qu'il t'arrive malheur !

Plusieurs soldats s'emparent du Père Jean et l'entraînent.

LE COMTE, avec émotion

Le cri de ce vieillard m'épouvante et me glace...
Mais je ne pouvais pas supporter tant d'audace !
J'ai frémi cependant car j'ai vu de ses yeux
Arriver jusqu'à moi comme un éclair des cieux !...

à Girard.

Allez chercher mon fils. — (à part) Remettons-nous bien vite...
Que personne ne voit le trouble qui m'agite !

SCÈNE IX

LES MÊMES ; BERNARD s'approche précipitament et mystérieusement
du Comte

BERNARD, à l'oreille du Comte

L'enfant qui va passer caché d'un voile obscur
N'est pas à vous, Seigneur, le vôtre est en lieu sûr.

LE COMTE, de même bas à Bernard

Tu l'a sauvé, merci ! — Bernard, mon bon vassal,
Ton cœur est un trésor de dévouement loyal.
Pour t'en récompenser je veux aujoud'hui même
Là, sur cet écusson, moi Comte de Toulmême,
Graver en ton honneur : « En l'an onze cent six
« A Soissons mon comté, Bernard sauva mon fils. »
Et quand devenu grand passant sous cette voûte
Il saura qu'étant jeune il trouva sur sa route
Un ami de son père, en bénissant ton nom
Il se rappelera.

BERNARD, en baisant la main du Comte

Seigneur, vous êtes bon.

LE COMTE

On nous voit, chut !

Bernard se retire

SCÈNE X

LES MÊMES, moins BERNARD. GIRARD apparait par la porte de droite suivi de la NOURRICE. La mère de cette dernière s'approche anxieusement de sa fille.

LA NOURRICE, tenant l'enfant recouvert d'un long voile bleu sombre

J'ai comme un pressentiment noir...
Ah ! si le Comte enfin allait s'apercevoir...

LA MÈRE

Ne désespère pas ! bon courage !

LA NOURRICE

Je tremble !

LA MÈRE

J'ai prié Dieu, ma fille ! espère en lui. Rassemble
Tes forces. Il est bon. Non, il ne voudra pas
Infliger à ma fille un horrible trépas.

LE COMTE, avec des pleurs dans la voix en embrassant l'enfant

Mon fils ! mon fils ! adieu. bas Personne ne se doute
Que ce n'est pas mon fils. haut Allons ! Girard, en route !

Ecartant le voile doucement et reconnaissant l'enfant de la Bertoud, le Comte laisse échapper un léger cri de surprise.

A part La malheureuse avait ici même et sans bruit
   Pour porter son enfant pénétré cette nuit.
Haut Retirez vous, nourrice.

LA MÈRE, transportée de joie

       Ah ! ma fille est sauvée !
C'est grâce à vous, mon Dieu ! qu'elle m'est conservée !

Paysans, paysannes et la mère de la nourrice suivent le cortège. La nourrice sort
escortée d'une double rangée de soldats. Le Comte disparaît par la porte de
droite, la main sur les yeux.

SCÈNE XI

LA BERTOUD, seule

A bientôt, mon cher fils, le soin de te revoir,
Dans ta direction je partirai ce soir.
A tes côtés je veux être l'ange fidèle,
Toujours prêt à venir près de toi d'un coup d'aile.
Tu me verras sans cesse et te protègerai ;
Partout où tu seras moi-même j'y serai !
Je ne suis, malgré tout, qu'une bien faible femme,
Mais pour te secourir j'aurai du feu dans l'âme !

Regardant fixement la porte par laquelle est sorti le Comte.

Je te l'avais bien dit que je triompherais...
Tu ne croyais donc pas que je me vengerais ?...
C'est vrai, tu te disais : J'ai dans ma forteresse,
Un monde de soldats qui près de moi se presse ;
Je n'ai qu'un signe à faire et de suite j'abats
La tête de celui qui m'affronte ici-bas.
Je suis environné de murs et de tourelles,
Où l'on voit jour et nuit de bonnes sentinelles.
A quoi te servent donc tes murs et tes fossés,
Je voulais me venger, je les ai traversés !
Cependant pour l'instant, monstre, je t'abandonne,
Je veux attendre encor qu'enfin ton heure sonne !...

FIN DU PREMIER ACTE

ACTE DEUXIÈME

VINGT ANS APRÈS

LA FÊTE DES REDEVANCES

La scène représente une place du village. A gauche une estrade richement décorée par de beaux trophées d'armes et ornée de guirlandes de fleurs. Les tentures sont en velours rouge avec ornements en or. A droite on voit l'intérieur d'une maison de modeste apparence, c'est la maison de la Bertoud. Pendant presque toute la durée de l'acte les villageois en grand nombre se promènent de long en large dans des costumes divers. Ils forment ça et là plusieurs groupes.

SCÈNE PREMIÈRE

SUZETTE ; PETITE JEANNE, fille de Suzette. Toutes deux sont assises à gauche de la scène, et Suzette occupée à terminer la toilette de sa fille

PETITE JEANNE

Mère, dis-moi, pourquoi tous ces apprêts de fête,
Ces travestissements, ces fleurs sur chaque tête,
Ces rires, cette joie et ce ravissement ?
Pourquoi dans le village un tel enivrement ?

SUZETTE

Hein ? Laisse-moi d'abord achever ta toilette.

PETITE JEANNE

Non ! non !.. Je veux savoir de suite...

SUZETTE

Eh bien, Jeannette,
Ecoute. — Tous les ans à cette époque-ci
Le Comte sans façon vient parmi nous ici ;
Lui-même contribue à ces réjouissances.

PETITE JEANNE

On appelle ce jour ?

SUZETTE

Le jour des redevances ?

PETITE JEANNE

Que veut dire ce mot ?

SUZETTE

Qu'à son Seigneur, on doit
— Tu m'entends — procurer tout ce qu'il mange et boit ;
Que chacun est astreint à de certains offices,
Dès que vient le moment d'user de nos services.
Mais en outre on lui doit, dans ce jour seulement,
Quelques cadeaux bouffons pour son amusement ;
Et chacun vient riant dans ce lieu de plaisance,
A son maître et Seigneur payer sa redevance.
Celui-là tous les ans pour se désennuyer,
Costumé plaisamment accourt donc s'égayer.
Au milieu des hourras assis sur cette estrade,
Il voit devant ses yeux la longue cavalcade
De vassaux, de vilains, qui pour chasser l'ennui,
Avec solennité viennent rire avec lui.
Tu verras défiler cette tourbe burlesque,
Faisant à son Seigneur quelque cadeau grotesque
De bons mots l'abreuvant comme un simple mortel
Et lui-même agissant comme s'il était tel.

PETITE JEANNE

Mais comment se fait-il qu'un Seigneur si farouche,
Avec nous ses sujets ici vienne et s'abouche ?

SUZETTE

Vois-tu ces grands Seigneurs sont moins heureux que nous.
Vivre dans un château, c'est un plaisir peu doux.
On meurt bientôt d'ennui sous ces hautes murailles.
Peut-on toujours chasser ? Vaincre dans les batailles ?
Que faire tout le jour lorsque le soleil luit ?
Attendre enfin qu'au jour succède aussi la nuit ?
Tu vois leur sort est loin d'être digne d'envie,
Donc il vaut mieux cent fois vivre de notre vie.

PETITE JEANNE

C'est vrai, nous pouvons, nous, parler dans notre bourg
Aux amis, en dehors des moments de labour,
Et nous réunissant nous livrer à la joie.

SUZETTE

Mais, lui, dans les ennuis, il est là qu'il se noie,

N'ayant à ses côtés que son fils Adrien
Et Girard l'écuyer.

PETITE JEANNE

Mais après eux ?

SUZETTE

Plus rien.
Si ce n'est ses soldats qui chaque jour sans cesse,
Lance en mains, sur les tours, promènent leur tristesse.
Comprends-tu maintenant pourquoi tous ces apprêts ?

PETITE JEANNE

Le village, je trouve a pour moi plus d'attraits,
Et ne m'étonne plus qu'un Seigneur grandissime
Chaque an à ses sujets impose telle dîme.

SUZETTE, finissant d'ajuster sa toilette

C'est fini. Que dit-on à sa mère ?

PETITE JEANNE

Merci.
Oh ! viens trouver papa pour qu'il me voie ainsi !

Elles se perdent dans la foule.

SCÈNE II

ADRIEN ; LA BERTOUD, avec des cheveux grisonnants

LA BERTOUD, sortant de sa maison

Bonjour, mon doux Seigneur.

ADRIEN

Tiens ! toujours toi, ma fée.

LA BERTOUD

Le joli nom, ma foi.

ADRIEN, examinant l'estrade

Qu'il est beau ce trophée !
Et ces fleurs, quel parfum ! séjour délicieux,
Oh ! que ne puis-je ici toujours charmer mes yeux !

LA BERTOUD

On voit que votre ciel n'a jamais eu de brume.

ADRIEN

Mais comment m'as-tu vu caché sous ce costume ?

LA BERTOUD

Moi, je vous reconnais quand personne vous voit,
Et j'ai pour vous, Seigneur, plus d'amour qu'on ne croit.
Il est des sentiments qui, sans qu'on les attise,
Brûlent d'un feu très-vif.

ADRIEN

Causons avec franchise.
Je me su's bien souvent posé la question :
Quel est donc le motif de ton affection ?
Sans cesse auprès de moi, depuis ma tendre enfance,
Je te vois survenir à la moindre occurrence,
Je ne sais pas comment, ignorant ton secret,
Mais toujours à l'abri d'un regard indiscret.
Réponds, qui donc es-tu ?

LA BERTOUD

Je ne suis qu'une femme
Qui pour vous seul renferme un grand amour dans l'âme.
J'avais un fils jadis, il vous ressemblait fort.
J'ai mis tout mon amour sur vous depuis sa mort,
Vous ne le voulez pas ?

ADRIEN

Quelle parole amère !
J'accepte et veux t'aimer aussi comme une mère.
Hélas ! la mienne est morte en me donnant le jour.
Oh ! j'aurais eu pour elle un si profond amour !

LA BERTOUD

Vraiment vous l'aimeriez ?...

ADRIEN

Comms on aime une idole.
Je n'ai pour l'exprimer d'assez douce parole.
Mais dis-moi, qu'as-tu donc, ton étrange regard,
Dans ma direction est lancé comme un dard ?

LA BERTOUD

Vous avez rallumé le feu qui me dévore,
Il me semblait entendre une voix que j'adore,

Donc ne m'en voulez pas.

ADRIEN

Que dis-tu t'en vouloir ?
Chasse de ton esprit un soupçon aussi noir !
Quand je suis près de toi dans toute ma personne,
Je sens le doux reflet d'une âme douce et bonne.
N'es-tu pas, réponds-moi, mon ange gardien ?

LA BERTOUD

Seigneur...

ADRIEN

Va ! nomme-moi par mon nom d'Adrien !
Je te dois, tu le sais, tant de reconnaissance,
Que tu peux avec moi parler en toute aisance,

LA BERTOUD

Vous avez d'ici bas le plus rare trésor,
Celui qui les vaut tous : vous avez un cœur d'or !
Le pauvre qui gémit et se meurt dans la fange,
Dès qu'il s'adresse à vous, trouve en vous son bon ange
C'est que vous êtes bon, et sans être attristé,
Votre œil ne pourrait voir la moindre adversité,
Mais aussi c'est à qui vous aime et vous adore !
Non, jamais n'a brillé si magnifique aurore !
Oh ! sur vous voyez donc l'auréole de feu
Qui fait en vous voyant que l'on croit voir un Dieu !

ADRIEN

Merci, je te sais gré de l'amour qui t'anime,
Et te reconnais là, cœur bon et magnanime !
Mais que vois-je Louise ?..

SCÈNE III

LOUISE ; ADRIEN et LA BERTOUD qui ne tarde pas à se retirer

LOUISE

Adrien !...

ADRIEN

J'étais là
Depuis un bon moment mais enfin vous voilà

Et je me sens heureux...

à la Bertoud.

Laisse-nous.

Ils entrent dans la maison de La Bertoud.

Dans une heure,
Femme, nous te rendront les clefs de ta demeure.

La Bertoud se retire lentement en dardant ses regards sur Adrien.

Enfin nous voilà seuls. Je vous ai fait venir
Dans ce lieu retiré pour vous entretenir
D'un sujet sérieux : Louise, je vous aime !
J'ai voulu trop longtemps le cacher à moi-même,
Espérant dans l'oubli pouvoir vous résister,
Mais ce serait folie aujourd'hui d'insister,
Louise, je vous aime !.. Oui, dans mes nuits en songe
Ou bien durant le jour sans cesse à vous je songe
C'est le cœur ulcéré d'un si mortel ennui
Qui me fait me jeter à vos pieds aujourd'hui.

LOUISE

Vous m'aimez ? Je vous aime... Et pourtant là dans l'âme
Je sens que je devrais étouffer cette flamme.
Je trompe en vous aimant mon bon père Bernard.
Il est votre vassal ; que dirait ce vieillard
S'il savait que sa fille oubliant sa naissance
Mette à se croire aimée autant de suffisance
Car enfin votre père est notre maître à tous.
Comment pourrais-je donc vous avoir pour époux,
Quand des châteaux voisins plus d'un Seigneur farouche
Conduirait volontiers sa fille à votre couche ?

ADRIEN

Laissons là mes splendeurs. Causons de notre amour.
J'éprouve tant de joie à reparler du jour,
Où ma main frémissante a rencontré la tienne
Pour la première fois. C'était qu'il t'en souvienne
A Noël au castel. On célébrait ce soir
La visite du fils du Comte de Nourmoir.
Le banquet terminé faisait place à la danse.
Déjà les sons rythmés s'exhalaient en cadence,
Lorsque mes yeux ravis, pris d'éblouissement
Attachés sur les tiens restèrent un moment.
Pour la première fois je sentis dans mon être
Soudain, que quelque chose enfin venait de naître.

Et tandis que mon cœur se remplissait d'amour,
Mû vers toi j'accourai pour te faire ma cour.

LOUISE

Ami, je m'en souviens. Souvent seule en ma chambre,
Lorsque scintille au ciel l'astre aux beaux rayons d'ambre,
Je revois ce passé défiler sous mes yeux,
Je sens alors mon cœur redevenir joyeux.
Il arrive pourtant que parfois mon cœur tremble.
Hélas ! dans ces moments d'épouvante, il me semble,
Que votre cœur s'égare et qu'il prend à plaisir
Pour amour ce qui n'est peut-être qu'un désir.

ADRIEN

Non, mon amour est pur. Ta grâce souveraine
Seule a troublé mon cœur. Ah ! que n'es-tu la reine !
Que ne suis-je un vassal ! Peut-être aurais-tu foi.
Je suis bien malheureux !

LOUISE.
            Oh ! pardonne...
ADRIEN.
                        Crois-moi.
Pour prouver mon amour que faut-il que je fasse ?
Me torturer le corps ? Me mutiler la face ?
Me livrer au bourreau ? Réponds, est-ce cela ?
Si c'est ta volonté je dirai me voilà !
Que m'importe en effet qu'en ce moment je meure,
Si c'est ta volonté j'expirerai sur l'heure !
Quel que soit ton désir ton désir est sacré,
Je veux ce que tu veux, parle et j'obéirai.
Tu vois bien que je t'aime, ange, puisque je pleure !
Oh ! qui t'aimerait mieux ! tu parlais tout à l'heure
Des titres de Seigneur qui donnent les grandeurs
Et tu t'effarouchais, ange, de mes splendeurs.
Si c'est le seul obstacle à devenir ma femme
Je me dépouillerai de ces titres, chère âme,
Et veux fuir avec toi sous l'habit du vilain
Si ce n'est qu'à ce prix que j'obtiendrai ta main.

LOUISE

Vous êtes un Seigneur superbe et magnanime !
Devant votre grandeur mon pauvre cœur s'anime.
Je n'eus pensé jamais avoir un tel époux,

Je vous aime, Adrien, et suis fière de vous !

Après une pause.

Entendez-vous ?

On entend daus le lointain le bruit des trompettes gerrières.

ADRIEN

Oui, c'est le signal de la fête.
On annonce mon père au son de la trompette.
Il faut nous séparer.

LOUISE

Ah ! le cruel moment !...

ADRIEN

A bientôt, n'est-ce pas ?

LOUISE

Je t'aime éperdûment.

ADRIEN

Je frémis de plaisir, mon bonheur est extrême,
Ange, c'est devant Dieu que je te dis : je t'aime !

Un petit rideau tombe et cache l'intérieur de La Bertoud.

SCÈNE IV

Grand bruit dans l'assistance. Du sein des promeneurs, on voit tout-à-coup sortir La Bertoud protégeant sur son sein Le Boitard, poursuivi par plusieurs soldats le poignard à la main.

LA BERTOUD ; LE BOITARD ; LES SOLDATS et la foule qui les
entoure

LA BERTOUD

Que vous a-t-il donc fait pour lever le poignard ?
Iriez-vous le tuer cet enfant par hasard ?

PREMIER SOLDAT

Laisse-nous entends-tu...

DEUXIÈME SOLDAT

La petite vipère,
Se souviendra de moi pour toujours, je l'espère.

LA BERTOUD

Que vous a-t-il donc fait ?

TROISIÈME SOLDAT

Il blessa l'un de nous
D'un coup de pierre.

QUATRIÈME SOLDAT

Allons ! à genoux ..

PREMIER SOLDAT

A genoux !

LA BERTOUD

Ayez pitié de lui, voyez son infortune.
Oh ! comment pourriez-vous lui conserver rancune !
Depuis qu'il est au monde il souffrit tous les maux.
Ah ! si vous l'aviez vu se traîner de hameaux
En hameaux, succombant de froid et de misère,
Vous auriez moins, soldats, de rage et de colère.
Quand il était petit je n'avais point de lait
Et le voyais pâlir. Alors il me semblait
Qu'il allait rendre l'âme, et j'étais anxieuse
Auprès de son chevet... Triste et silencieuse
Je ne le quittai plus pour lui fermer les yeux,
Oh ! terrible moment que celui des adieux !
Quand je songe à ces jours de malheur, de supplice,
Une horrible douleur dans mon âme se glisse !
Pitié ! pitié ! soldats, il est si malheureux !
Ah ! ne le tuez pas ce serait trop affreux !

DEUXIÈME SOLDAT

Va-t'en et laisse-nous.

LA BERTOUD

Votre cœur est de pierre.

TROISIÈME SOLDAT

Nous voulons nous venger.

PREMIER SOLDAT

C'est son heure dernière

TROISIÈME SOLDAT

Notre frère est là-bas qui râle en ce mement.

DEUXIÈME SOLDAT

Qu'il subisse à l'instant son juste châtiment.

LA BERTOUD

Pitié ! pitié ! pour lui. Pitié ! pitié ! vous dis-je...
Ah ! je sens dans mon cœur que tout mon sang se fige !
Quoi ! comment vous auriez autant de cruautés ?

PREMIER SOLDAT

Il mourra de ma main.

DEUXIÈME SOLDAT

De la mienne...

SCÈNE V

LES MÊMES ; ADRIEN

ADRIEN

Arrêtez !...
Que faites-vous, soldats ? Que vois-je, on assassine ?
Ah ! j'y suis, mes soudards, c'est la fête on s'avine !
Le vin vous rend mauvais et vous met en fureur !
Depuis quand de la sorte on sème la terreur ?
Est-ce que les soutiens du château, du village,
A travers le pays vous porter le carnage ?
Répondez. Croyez-vous vous honorer ainsi,
En tuant ce garçon sans pitié, sans merci ?
Et d'abord de quel droit vous faites-vous justice ?
Vous vouliez, n'est-ce-pas, que de vous je rougisse ?
Vous avez réussi, vieux soldats du château,
Je ne vous connais plus que par votre manteau !

PREMIER SOLDAT

Permettez...

ADRIEN

Taissez-vous ! à peine je surmonte
L'horreur que j'éprouve en lisant votre honte ;
Et vous mériteriez que tirant mon poignard,
Je ne vous perce, moi, soldats, de part en part.
Quoi ! sur ce pauvre infirme on vous voit vous abattre,
Et pour cette action vous vous y mettez quatre !
J'en frémis ! souhaitez que j'oublie un tel fait,
Que je regarde, moi, comme un affreux forfait !

Retirez-vous ! je veux oublier le visage
De ceux qui n'ont au cœur la noblesse en partage !
Retirez-vous, vous dis-je !

PREMIER SOLDAT, à part

A bientôt, mon gaillard.

Ils sortent.

SCÈNE VI

ADRIEN ; LA BERTOUD ; LE BOITARD

LE BOITARD

Merci, mon doux Seigneur. Je bénis le hasard
Qui vous fit près de moi promener à cette heure.
Vous n'avez pas voulu qu'un pauvre être ne meure.
A ses cris déchirants vous êtes accouru
Et noblement, Seigneur, vous l'avez secouru.
J'ai rendu coups pour coups... mon crime est-il énorme ?
Vous voyez je suis laid, souffreteux et difforme...
Mais mon cœur désormais vous chérit. Pour toujours
Il se rappellera votre noble secours.
J'en prends l'engagement devant Dieu qui m'écoute.
A l'heure du danger comptez coûte que coûte
Sur tout mon dévouement. Oui, je me souviendrai...
Et je ferai pour vous tout ce que je pourrai.
Si je suis laid, Seigneur, j'ai l'âme grande et fière,
A ceux que je chéris je l'offre tout entière.
Or, je vous l'offre à vous qui m'avez secouru
Contre ces inhumains à l'air dur et bourru.
Sans vergogne ils allaient tout bouillants de colère
Ravir pour tout procès un enfant à sa mère.

ADRIEN

Ami, sous tes haillons je te trouve un cœur grand.
Et maintenant venez. Je me porte garant
De vous deux, et malheur à qui sur votre tête
Toucherait un cheveu ! prenez part à la fête...

Ils se retirent. Adrien prend Le Boitard par les épaules en guise de protection.

SCÈNE VII

DE CERVEUSE, seul

Enfin, nous approchons du terme, je le crois !

Oui, tout marche à merveille ! oh ! bientôt tous les trois,
— Car la fatalité contre vous tous conspire, —
Vous allez vous courber tremblants sous mon empire !
C'est elle qui vous perd ! ah ! vous me repoussez
Pour ce beau Jouvenceau, fille arrogante ! assez
D'humiliation ! à cette douce chaîne
Que je vous proposais, vous préférez ma haîne !
C'est bien. N'en parlons plus. J'agirai désormais.
Oh ! j'ai la rage au cœur ! j'étais sot, je l'aimais !
C'est vous qui me poussez dans le camp des rebelles !

SCÈNE VIII

DE CERVEUSE ; RICHARD ; DE COURCY

DE CERVEUSE

Je vous apporte enfin d'excellentes nouvelles.
Parlons bas.

DE COURCY

Parlons bas.

DE CERVEUSE

Le Comte de Ségur

Est en marche...

DE COURCY

Vraiment, se peut-il ?

DE CERVEUSE

J'en suis sûr.

J'ai vu son écuyer ce matin.

DE COURCY

Et le Comte ?

DE CERVEUSE

Il ne sait encor rien. Ségur arrive et compte
Le surprendre.

DE COURCY

Grand Dieu !

DE CERVEUSE

Baron, parlez plus bas.

Armé jusques aux dents, il arrive à grands pas,
Et l'attaque aujourd'hui me semble inévitable.

DE COURCY

Ce résultat heureux n'a rien de lamentable ;
Vous l'avez cependant, Richard, mal accueilli :
Pourquoi donc par trois fois avez-vous tressailli ?
Déjà faibliriez-vous ?

RICHARD

Quelque chose dans l'âme
Me dit que nous faisons une action infâme

DE CERVEUSE

Vous nous avez promis votre concour-, Richard,
A cette heure iriez-vous l'oubliez par hasard ?
Ah ! s'il en est ainsi, Richard, je vous engage
A reprendre aussitôt d'entre nos mains ce gage.
Pourtant souvenez-vous, vous-même l'avez dit :
« Je le prendrai le jour que Dieu m'aura maudit ! »

RICHARD

Oh ! c'est bien. J'ai promis, je suis donc votre esclave.

DE CERVEUSE

Allons ! j'ai confiance et compte sur un brave.
Et puis n'avons-nous pas chacun à nous venger ?
Richard, n'oubliez pas qu'il vous vint outrager
Un jour, dans votre fief, pour avoir par clémence
Arraché bravement un serf à sa potence.
Courcy, n'oubliez pas que cet homme inhumain
Du sang de votre sœur osa tâcher sa main
Pour la punir d'avoir dédaigné ses caresses
Allons ! soyons unis c'est l'heure vengeresse !
Mais dissimulons-nous car déjà ces matois
S'étonnent de nous voir causer ici tous trois.

Courcy et Richard s'éloignent.

SCÈNE IX

DE CERVEUSE et LOUISE qui vient de sortir de la petite maisonnette

DE CERVEUSE

Quel bonheur de vous voir ! enfin je vous retrouve

LOUISE

Cerveuse, laissez-moi.

DE CERVEUSE

Vous vous fâchez, ma louve.

LOUISE

Laissez-moi ! laissez-moi ! j'appelle à mon secours !

DE CERVEUSE

Tudieu ! vous m'arrachez mes rubans de velours !

LOUISE

Je vous l'ai dit souvent de me laisser, Vicomte.
Eloignez-vous de moi si ma main est trop prompte.
Vous emploirez ailleurs beaucoup mieux votre temps.

DE CERVEUSE

Ah ! depuis quand, ma belle, on fait des mécontents ?
Avec d'aussi beaux yeux et la bouche aussi fine,
On repousse un Seigneur qui devant vous s'incline !

LOUISE

Oui, moi, je vous repousse.

DE CERVEUSE

Oh ! revenez.

LOUISE

Jamais !

DE CERVEUSE

C'est bien, craignez pour vous et tremblez désormais.
Enfin je suis à bout de votre résistance.
Refusant mon amour redoutez ma vengeance !   Il sort.

SCÈNE X

LOUISE, seule, puis LA BERTOUD

LOUISE

Menace-moi, serpent ! va ! je ne te crains pas !
Dussé-je entends-tu bien courir à mon trépas !
Ne crois pas m'effrayer par de vaines menaces !
Je saurai résister à toutes tes audaces !

Tu peux prendre avec moi ton air grave et vainqueur
Tu ne chasseras pas Adrien de mon cœur...

LA BERTOUD

Ce Seigneur avait l'air courroucé, ce me semble ;
Je n'ai point vu ses traits. Oh ! pour elle je tremble !

S'approchant de Louise.

Voulez-vous un moment, madame, entrer ici ;
Vous pourriez dans la foule être prise...

LOUISE

Merci.

Elles entrent toutes les deux dans la petite maison.

SCÈNE XI

UN SERF

Le Comte arrive, amis, voyez le beau cortège !

AUTRE SERF

Retirons-nous il vient prendre place à son siège.

Grand bruit de trompettes que l'on voit apparaître en tête du défilé. Puis vient le
Comte escorté de Girard et de ses soldats. Le Comte est à cheval et porte un
magnifique costume. Du reste ils sont tous déguisés. Il descend du cheval et
monte sur l'estrade avec Adrien. Girard se tient debout sur le premier gradin.
Les soldats entourent le Comte et Adrien.

LE COMTE, debout

Vassaux, vilains et serfs. — Pour la trentième fois
Je viens vous visiter, ô mes bons villageois !
Dans ce jour de plaisirs et de réjouissances,
Qu'on désigne du nom de jour de redevances !
Je viens auprès de vous comme un simple mortel.
Oubliant ma naissance assis sur cet autel,
Il me plaît de chasser l'importune tristesse,
Qui plane trop souvent sur notre forteresse.
Je viens donc près de vous dans ce jour de gaîté,
Pour trouver le plaisir et l'hospitalité.
C'est un jour de bonheur, de joie et de démence,
Eh bien profitons en, que la fête commence !

LE PEUPLE, à haute voix

Vive notre Seigneur !

GIRARD

Un peu plus de tiédeur...
Vraiment pour commencer vous mettez trop d'ardeur !

On voit apparaitre un magnifique char formé d'une immense coquille et snr lequel
se trouvent Neptune, dieu de la mer et dame Sirène.

SCÈNE XII

LES MÊMES ; UN HÉRAULT

UN HÉRAULT, en arrière du peuple

Je veux parler au Comte... Entendez-vous, arrière !
Allons ! je vous ai dit d'ouvrir cette barrière !...

LE COMTE

Quel est donc l'insolent qui vient porter l'émoi
Dans ce jour de plaisir ?

UN HÉRAULT

Oh ! enfin laissez-moi !...

GIRARD

Comte, c'est un hérault.

LE COMTE

Que peut-il venir faire
En un pareil moment ? Approchez, émissaire.

UN HÉRAULT

J'ai tué mon cheval pour venir jusqu'à vous ;
J'ai, vous pouvez le voir, le corps criblé de coups.
Le vicomte Bernard votre vassal, mon maître,
Si vous n'accourez pas, va succomber peut-être.
Pour venir vous fêter nous quittions nos remparts
Lorsque vers l'horizon dirigeant nos regards,
Nous vimes tout-à-coup, il faisait nuit encore,
Des ombres s'agiter aux lueurs de l'aurore.
Indécis, inquiet, en me parlant tout bas,
— Le jour perçait — il dit : revenons sur nos pas !
Et sans perdre un instant en brandissant son arme,
Il souffla dans son cor, c'était le cri d'alarme.
Bientôt à cet appel pour lui prêter appui,
Un millier de soldats accourait près de lui.

Il était temps. Déjà des légions groupées
A cinq cents pas de nous dégaînaient leurs épées ;
Nos hommes aussitôt farouches, rugissants,
Pareils à des lions se dressent menaçants.
Devant de tels soldats Ségur enfin recule.
Votre vassal alors le poursuit et l'accule
Dans un terrain bourbeux où ses gens entassés
Jusqu'aux reins vont bientôt se trouver enfoncés.
Tout est perdu pour lui, quand soudain par mégarde,
Il voit à son secours venir l'arrière-garde.
La fortune hésitante est enfin contre nous.
Mon maître alors m'enjoint d'accourir près de vous
Pour porter ce billet. Je saurais bien l'attendre,
Dit il, car je mourrai plutôt que de me rendre !. .

LE COMTE, lisant

« Venez à mon secours, il en est temps encor. . .
« Votre vassal, Bernard. »

Aux soldats

Qu'on me donne mon cor !

Il souffle plusieurs fois dans son cor. A ce son de ralliement les soldats accourent
de tous côtés et viennent se ranger à ses côtés

Hola ! mes bons soldats, nous allons à la danse,
Mais nous ferons sauter les fléaux et la lance !...

FIN DU DEUXIÈME ACTE

ACTE TROISIÈME

GUERRE ET FAMINE AU MOYEN AGE

A droite un grand mur qui entoure le corps de bâtiment dans lequel habite Louise.
Au milieu de ce mur une porte étroite et lourde. Plus en avant une sorte de rocher
où l'on verra s'asseoir Louise et Adrien à la deuxième scène. Au milieu un arbre
immense dont les branches multiples couvrent presque toute l'étendue de la scène.
A gauche des arbres, commencement de la forêt que l'on voit se perdre dans le
lointain. A l'horizon on remarque le château du Comte dont les fenêtres s'éclairent
une à une, tandis que certaines parties restent dans l'obscurité.

SCÈNE PREMIÈRE

LA BERTOUD, enveloppée de son manteau apparait. Une expression
de terreur est peinte sur son visage. La nuit commence à poindre.

LA BERTOUD, seule

Horreur !... j'ai vu là-bas sur le bord du chemin
Un cadavre étendu sans poitrine et sans main,
Aux trois quarts dévoré par un ê're en délire,
Qui n'a pu jusqu'au bout supporter son martyre !
    O misère ! ô misère ! ô siècle inique, affreux !
Qui fait peser sur tous un destin malheureux !
O fléau ! n'es-tu pas le mal le plus terrible ?
Éloignez-vous mes yeux de ce spectacle horrible,
Qui sur vous jette un froid qui glace jusqu'aux os !
    Quand l'ouragan s'abat dans un champ de roseaux,
On les voit pleins d'effroi courbant alors la tête.
La faim chez l'être humain est une autre tempête,
Elle abat et détruit tout noble sentiment.
Homme ! je te redoute en un pareil moment !
Moins terrible au désert, moins terrible est la bête
Et tes cris de douleur plus forts qu'une tempête,
Font craquer tout un monde en jetant la terreur.
A te voir de la sorte on frissonne d'horreur !
Blême, sombre, égaré, flétri, perdant la tête
Et comme halluciné, rien alors ne t'arrête...
Pris d'un vertige affreux on te voit frémissant,

Egorger ton égal pour lui boire son sang !...
O misère ! ô misère ! effroyable gangrène,
Qui, comme un ver rongeur, laisse un fragment à peine,
Sur les lambeaux de chair, qui tombent par morceaux !
Et vous qui guerroyez, vous seigneurs et vassaux,
Vous qui portez la mort et semez l'épouvante,
Désorganisant tout dans ce temps de tourmente,
Croyez-vous apaiser les malheurs d'ici-bas,
En vous entr'égorgeant dans de sanglants combats ?
On n'ose voyager, partout on vous redoute,
Et ce n'est qu'en tremblant que l'on se met en route,
Heureux si le hasard vous permet d'arriver
Au but, car la plupart ne peuvent se sauver.
Et pendant ce temps là, l'effroyable famine,
Comme un vent déchaîné surprend et déracine,
Ce qui reste d'humains dont le malheureux sort,
Est d'attendre en tremblant quelque lugubre mort !

SCÈNE II

Louise sort par la petite porte. Elle fait plusieurs pas dans différentes directions en prêtant l'oreille et se trouve enfin face à face avec La Bertoud qu'elle reconnaît

LOUISE ; LA BERTOUD, puis ADRIEN

LOUISE

Qu'avez-vous, dites-moi, vous me semblez fièvreuse ?

LA BERTOUD

Pour venir jusqu'ici vous n'êtes point peureuse...
Prenez garde pourtant, les temps sont si peu sûrs,
Qu'on est heureux d'avoir pour se cacher des murs !

LOUISE

C'est vrai, de grands malheurs désolent nos contrées.
Calamités du ciel vous êtes bien entrées
Sur ce sol détesté...

On entend dans le lointain le bruit des trompettes de guerre. Suivant la directoin du vent le son enfle ou diminue.

Dieu vous êtes cruel !
Pourquoi vous acharner dans ce terrible duel ?
A chacun de vos coups, au m lieu des murmures,
On voit couler à flots le sang de nos blessures.
La famine et la guerre ont désolé nos champs ;

Vous punissez les bons en frappant les méchants.
Qu'entends-je ? Elle prête l'oreille.
                  C'est le bruit des trompettes guerrières...

LA BERTOUD

Non, c'est le vent qui souffle à travers les clairières...

LOUISE

Vous croyez ?

LA BERTOUD

            Écoutez...

LOUISE

                  Non, je n'entends plus rien ;
Je l'aurai cru pourtant. Mais que vois-je, Adrien ?
Elle se jette dans les bras d'Adrien, qui la contemple pendant quelques instants
avec amour.   A La Bertoud.
Laisse-nous...
        Celle-ci se retire en suivant Adrien d'un regard plein d'attendrissement.
                                      A Adrien.
        Ah ! c'est vous... J'étais bien inquiète...

ADRIEN

Je vous trouve, en effet, toute pâle et défaite.

LOUISE

Je ne veux plus jamais que vous veniez le soir,
Car je pressens, ami, quelque dénouement noir.
Certes ignorez-vous les dangers qui sans cesse
Se présentent autour de votre forteresse ?

ADRIEN

Non, je n'ignore rien, et je voudrais pouvoir
Adoucir bien des maux qui font mon désespoir.
Hélas ! il a fallu que je vienne en ce monde,
Pour me voir impuissant, lorsqu'un orage gronde.
J'assiste froidement, devant un tel malheur,
Toujours avec l'espoir de voir quelque lueur,
Qui sur cet horizon, plongé dans la pénombre,
Jette enfin sa clarté sur cette toile sombre.
Que ne puis-je empêcher la dévastation,
Qui détruit mon pays ! que ne suis-je un lion !
Dans ces temps de malheur ma tâche est bien ingrate.
J'ai le cœur très sensible et l'âme délicate,
Et chaque jour j'assiste, et c'est mon crève-cœur,

A quelque nouveau mal qui vient troubler mon cœur !
D'un côté la famine et de l'autre mon père,
Qui se trouve engagé dans une dure guerre,
Avec des ennemis qui surgissent partout,
Pour venir lui porter quelque terrible coup.
Et même dans son camp chaque jour voit paraître,
Quelque ennemi soudain ou quelque nouveau traître.
Et parmi ses vassaux, s'il en est de loyaux,
Il en est de tout prêts à devenir rivaux.
Que ne puis-je briser ces lames infidèles ?
Que ne puis-je écraser sous mes pieds ces rebelles ?
O vous qui dévastez notre pauvre pays,
Vous qui l'assassinez, soyez par moi flétris !
Mais demain vous verrez reluire mon épée,
Enfin de votre sang je veux la voir trempée !
O mon Dieu, n'est-ce pas c'est là qu'est mon devoir ?
Louise, écoutez-moi... c'est notre dernier soir !

LOUISE

Que dites-vous, grand Dieu ! quoi ! vous allez vous battre !

ADRIEN

Ah ! je ne pourrai plus baiser ton cou d'albâtre,
Mais ton image au loin me suivra chaque jour,
Pour me dire tout bas quelque doux mot d'amour !

LOUISE

Bien dur est le destin qui sur la femme plane.
Au bonheur peu durable, hélas ! tout la condamne.
Pour un peu de gaîté qu'on lui donne parfois,
Plus souvent dans les pleurs elle porte sa croix.
Son cœur aimant et bon qui sans cesse soupire,
Ne sent que trop souvent le dard qui le déchire.

ADRIEN

Comme vous m'affligez en me parlant ainsi.
Vos reproches amers et votre œil obscurci,
Ont jeté sans pitié le trouble dans mon âme.
Je ne méritais pas un si douloureux blâme.
Quand le cruel destin m'appelle à mon devoir,
Faut-il donc lâchement rester dans mon manoir ?
Certes j'aimerais mieux près d'un peuple tranquille,
Passer de joyeux jours dans quelque belle ville,
Ayant à mes côtés l'objet de mon amour,

Que je ne quitterais d'un instant tout le jour.
J'aimerais mieux cela que de voir l'infortune
D'un peuple tout entier, qu'un sort triste importune
Et qui râle écrasé sous le poids des malheurs,
Voilà ce qui m'attriste et fait verser mes pleurs !
Ah ! que ne puis-je en paix combattre la famine,
Peuple ! et te secourir sur ton lit de vermine.
Mais non, je ne le puis, il me faut dès demain,
A mon père porter le secours de ma main.

LOUISE

Vous êtes sans pitié pour la pauvre Louise !

ADRIEN

Ange, ton noir chagrin me torture et me brise.
Que veux-tu nous avons notre chaîne ici-bas,
Et quand on veut la fuir on ne l'échappe pas.

LOUISE

C'est bien n'en parlons plus. Mais devant Dieu je jure
De mourir, si tu meurs un jour d'une blessure.
Nous nous retrouverons au séjour bienheureux,
Pour unir à jamais nos deux cœurs amoureux.
Mais qu'as-tu ?

ADRIEN

        C'est le froid qui m'a sur cette pierre
Pénétré jusqu'aux os.

LOUISE

        Entrons dans la chaumière,
Tu te réchaufferas auprès du bon foyer.

Ils sortent.

SCÈNE III

LE COMTE, puis GIRARD

On voit de nombreuses rangées de soldats traverser la scène de droite à gauche et disparaître. — Entrée du Comte, puis arrivée de Girard, peu de temps après lui Quelques éclairs ; bruit sourd du tonnerre ; c'est un orage lointain, qui n'éclatera sur scène qu'à la fin de l'acte.

LE COMTE, seul

Au fond de la scène on voit plusieurs groupes de soldats se parlant entre eux. Plusieurs tiennent des torches allumées

Chiens harnieux ! maintenant vous pouvez aboyer,

Vous vouliez du sang ? Bien, vous en avez ! mes braves
Vous en aurez encor, si créant des entraves,
Vous m'obligez enfin à briser votre esquif !
Ne faites pas un pas, sinon gare au rescif !
Vous irez droit à lui. — Déjà dans la mêlée,
Vous vîtes une épée à ma force moulée,
Dont les coups secs et drus tombant comme un poids lourd,
Rendaient qui s'exposait de la tête plus court.
Aboyez ! je saurai vous empêcher de mordre !...

A Girard

Girard, avez-vous vu si l'on suit bien mon ordre ?

GIRARD

Oui, Seigneur, tout se fait au gré de vos désirs.
Nos soldats harassés pour charmer leurs loisirs,
Taillent à belles dents biscuits et victuailles.

LE COMTE

Il vous fallait, Ségur, de noir représailles
En guise de leçon ; êtes-vous satisfait
De votre serviteur ?

GIRARD

Il doit l'être en effet.
Vous avez galamment traité Son Excellence.
On ne cloua jamais au front une insolence
Aussi superbement. Puis il vous a laissé
En fuyant un butin immense, l'insensé !
Ah ! je ris fort, Seigneur, d'une telle aventure...
N'avoir plus rien, sinon une bonne blessure !
Mes compliments, ma foi, le coup était porté
Vraiment de main de maître. Avec dextérité,
Je vous vis tout-à-coup, au for de la mêlée,
Bousculer hardiment la colonne ébranlée,
Puis venant jusqu'à lui dans un suprême élan,
Je vous vis lui porter plusieurs coups dans le flanc.
Alors il trébucha puis tomba jusqu'à terre.
Ce qu'il advint après pour moi reste un mystère.
Ce que je sais pourtant, c'est que le corps sanglant
Il se battait encor quoique faible et râlant
A la fin du combat. Glorieuse journée,
Comte, qui fut par vous fort prestement menée.

LE COMTE

Mais j'avais près de moi mon fidèle Girard,
Qui ne me quittait pas un instant du regard,
Qui m'offrait tour à tour ses conseils et sa lance
Et vers moi bravement fit pencher la balance.|

GIRARD

C'est que, Seigneur, mes yeux scrutaient de noirs desseins,
Et parmi vos vassaux voyaient des assassins ,

LE COMTE

Que dis-tu ? Se peut-il !

GIRARD

                    Ah ! laissez-moi vous dire
Enfin ce que je vois : près de vous on conspire !
Et vous ne voyez rien, Seigneur ; ouvrez les yeux !
Et foulez à vos pieds tous ces audacieux !

LE COMTE

Ah ! je tremble de rage !

GIRARD

                    Oui, vous pouvez me croire,
Seigneur ; méfiez-vous de leur lâcheté noire ;
Méfiez-vovs surtout de Cerveuse et Courcy.
Richard me semble encor moins pervers que ceux-ci ;
Semblable au soliveau flottant sur la rivière,
Il se laisse entraîner, lui, l'âme grande et fière.
Mais, grâce à Dieu ! Bernard est pour vous de tout cœur :
Vous lui devez beaucoup si vous fûtes vainqueur.

LE COMTE

Ce n'était pas assez d'avoir tant d'infortunes.
Satan, vous m'en gardiez de bien plus importunes !
Je ne vois qu'ennemis soit dedans, soit dehors.
Faut-il me méfier de l'ombre de mon corps ?
Morbleu ! je saurai bien à tous vous tenir tête !
Si l'on juge de l'homme au for de la tempête,
Vous jugerez bientôt de moi ! gare à ceux
Qui voudraient voir jaillir quelque éclair de mes yeux !

SCÈNE IV

LE COMTE ; LE BOITARD entraîné par plusieurs soldats en tête desquels
se trouvent BERNARD, puis COURCY et CERVEUSE. GIRARD.

BERNARD

Seigneur, nous avons pris ce traître dans la plaine,
Dont le fougueux coursier fuyait à perdre haleine,
Et nous avons trouvé dans son sein bien caché
Ce billet sans lequel nous l'aurions relâché.
Il fit se voyant pris une triste figure,
Qui parut à mes yeux du plus fâcheux augure.
C'est alors que soudain rugissant de courroux,
Il perça deux amis qui sont morts sous ses coups ;
Puis sautant d'un seul bond sur sa cavale vive,
Il s'était éloigné déjà de notre rive.
Mais aussitôt atteint par nos chevaux fringants,
Il dut se rendre enfin à nos preux arrogants,
Qui, contre un pareil monstre, enivrés de carnage,
Ecumaient de colère et frémissaient de rage.

LE COMTE

Merci, mes bons amis, de votre dévouement.

Au Boitard.

Mais tu mérites, toi, quelque noir châtiment.
Tu sers donc l'ennemi ? Tu portes ses dépêches ?
Réponds-moi. Ne prends pas des airs aussi revêches.
Il n'est plus temps, ma foi.

LE BOITARD

              Moi, je n'ai pas d'ami,
Vous vous trompez, Seigneur, je n'ai qu'un ennemi.
Dans ce siècle d'effroi, d'horreur et d'épouvante,
Mon unique ennemi, le seul qui me tourmente,
C'est la faim. Mon ami, c'est celui dont la main
Chaque jour vient m'aider à combattre la faim.
Or, de Ségur m'a dit : assieds-toi, prends et mange !
Et je suis son ami puisqu'il est mon bon ange.
Vous ignorez cela dans vos nids de vautours ;
Entourés de soldats et de murs et de tours,
Vous vous souciez bien peu si quelque misérable
Succombe dans les champs d'une mort effroyable.
Vous égorgez les gens, vous, oiseaux de malheur,

Et l'on vous voit partout insultant la douleur,
Ruinant le pays, réduisant tout en cendre,
A qui de tous ces maux, dites ? Doit-on s'en prendre !...

LE COMTE

Tu mourras, insolent ! qu'on lui brûle les pieds !...

LE BOITARD

Beaucoup baissent les yeux sous vos regards altiers ;
Moi, je rive les miens, frémissants sur les vôtres.
Je ne suis pas de ceux qui font les bons apôtres,
Implorent leur Seigneur rampant à ses genoux.
Moi, j'ai toujours souffert et je n'ai rien de doux.
Je ne crains pas la mort n'ayant vu dans la vie
Que misère et douleur. Qu'elle me soit ravie !
Je ne souffrirai plus. Mais avant de mourir
Il me sera du moins permis de te flétrir,
Jusqu'au jour où le Dieu qui règne au ciel, j'espère,
Enfin, écrasera ta tête de vipère !

LE COMTE

Qu'on l'emmène, soldats !...
Les soldats entraînent Le Boitard.
Enfin ! voyons ceci.
Approchez-vous, messieurs, et vous, lisez, Courcy.

DE COURCY, lisant

« Je renonce à lutter, mettez bas vos armures ;
« J'espère d'ici peu guérir de mes blessures.
« Comme tous mes vassaux, rentrez chez vous en paix.
« Pour adoucir les maux dont nous sommes frappés. »

LE COMTE

C'est signé ?

DE COURCY

De Ségur.

LE COMTE, d'un ton triomphant à Cerveuse

Vous entendez ?

DE CERVEUSE

Oui, Comte.

LE COMTE

Se retirer devant nos soldats quelle honte !

Et maintenant, messieurs, rentrons dans nos foyers.
Sans crainte, nous pouvons revoir nos métayers.
Vainqueurs d'un ennemi qui renonce à se battre,
Nous pourrons savourer les doux plaisirs de l'atre.
Coupe en mains je défie à ma table demain,
Le plus vaillant de vous, moi, votre suzerain.
Nous porterons un toste à l'ennemi qui sombre,
Nous devons bien, je crois, ce salut à son ombre !
Partons.

> Tous se retirent, moins Cerveuse.

SCÈNE V

DE CERVEUSE, seul

Son ombre ? Non ! tu ne la verras pas !
C'est lui même, entends-tu ? Que bientôt tu verras.
Le coup est bien joué. Guéri de ses blessures.
Tu reverras sous peu miroiter ses armures.
Pour nous en prévenir il usa d'un moyen
Des plus ingénieux. Mais tu ne comprends rien.
Raille, monstre hideux ! ah ! raille ! raille encore !
Tu ne fais qu'attiser le feu qui nous dévore.

SCÈNE VI

DE CERVEUSE ; UN SOLDAT, à gauche LE BOITARD se traînant
à terre à l'aide de ses mains. Il exprime la souffrance, ses jambes sont
noires, il écoute.

UN SOLDAT
Il aborde mystérieusement de Cerveuse, au moment où il est sur le point de
quitter la scène.

Aidé de mes amis j'ai monté sur le mur.

DE CERVEUSE

Eh bien ?

UN SOLDAT

N'en doutez plus.

DE CERVEUSE

Quoi ! vraiment ?

UN SOLDAT

J'en suis sûr

C'est bien elle, Seigneur. J'ai remarqué près d'elle

Un jeune homme bien fait dont l'œil noir étincelle.
Il est à ses genoux et lui sourit souvent ;
Quelques mots indistincts emportés par le vent
Sont venus jusqu'à moi. Mais le bruit du tonnerre
Gronde plus fort qu'ailleurs dans ce lieu solitaire ;
Je n'ai rien entendu de leur doux entretien.

DE CERVEUSE, de manière à être entendu du Boitard

Il n'en faut pas douter, c'est lui, c'est Adrien.

Au soldat.

Le galant ne doit pas dépasser cette porte
Il faut avec l'épée ou le poignard, n'importe !
Le coucher sur le seuil. Entends-tu mon arrêt ?

UN SOLDAT

J'entends. Vous le voyez, Seigneur, je suis tout prêt.
Mais ne faudrait-il pas un renfort nécessaire ?
Plusieurs amis rendraient la chose bien plus claire.

DE CERVEUSE

Soit. Courons les chercher.

Ils sortent.

SCÈNE VII

LA BERTOUD ; LE BOITARD, puis CERVEUSE suivi de plusieurs
soldats. — On voit La Bertoud franchir la porte de la maison de Louise qu'elle
referme aussitôt. Elle surveille les alentours de la maison.

LA BERTOUD

Quelle lugubre nuit !
Un pressentiment noir m'attriste et me poursuit.
Adrien veut partir, sans souci de l'orage.
Hélas ! tout fait prévoir quelque ouragan... J'enrage !

LE BOITARD, reconnaissant La Bertoud à la lueur d'un éclair

Mère, c'est toi, je meurs.

LA BERTOUD

Pauvre enfant, se peut-il ?

LE BOITARD

Les lâches m'ont brûlé les deux pieds sur un gril.
Regarde...

LA BERTOUD

C'est affreux... mais qui donna cet ordre ?

LE BOITARD

C'est le Comte.

LA BERTOUD

Grand Dieu !...

LE BOITARD

Je souffrais à me tordre.

LA BERTOUD

Je te crois, pauvre enfant !

LE BOITARD

Tu vois je vais mourir...

LA BERTOUD

Oh ! ne dis pas cela, qui sait tu peux guérir !

LE BOITARD

Dans cet état, jamais !

LA BERTOUD

Ah ! du secours, j'appelle !...

LE BOITARD

C'est trop tard.

LA BERTOUD

Je frissonne...

LE BOITARD

Ecoute...

LA BERTOUD

Je chancelle !

Je t'aimais malgré tout.

LE BOITARD

Ecoute : permets-moi
De combler une dette avant ma mort.

Se soulevant de son mieux Le Boitard avec des yeux effarés, montre du doigt Cerveuse, dans l'ombre, qui débouche au coin du mur accompagné de ses soldats et dispose ceux-ci de chaque côté de la porte de sortie, le poignard en l'air pour frapper Adrien.

Tiens vois !...

Ah ! je me meurs... adieu !
Il retombe lourdement sur le sol inanimé.

LA BERTOUD, regardant sans rien voir dans l'obscurité

Son esprit déraisonne
Au moment d'agonir. . non ! je ne vois personne...

DE CERVEUSE, aux soldats

Approchez...

LA BERTOUD, prêtant l'oreille

On dirait que quelqu'un a parlé.
Il a dit vrai... le sol, sous des pas à tremblé...

LOUISE, avant d'ouvrir la porte derrière le mur

Adrien, à bientôt.

ADRIEN

Louise, je t'adore !

DE CERVEUSE, à voix basse

Tenez-vous prêts, soldats...

LA BERTOUD

Eh quoi ! qu'entends-je encor ?
Je vois luire l'acier... ce sont des fantassins...
Un brillant éclair illumine la scène. La porte s'ouvre et Adrien va paraître. La Bertoud se précipite aussitôt vers la porte et reçoit les coups destinés à Adrien.
Ah .. elle s'affaisse. La porte se referme.

LOUISE, derrière le mur

Vite ! sauvons-nous ce sont des assassins !...

UN SOLDAT, regardant La Bertoud à la lueur d'un éclair

Une femme !
Plusieurs soldats essayent vainement d'ouvrir la porte.

AUTRE SOLDAT

Ecoutez .
On entend le galop précipité de deux chevaux.
Ils sont en pleine fuite...

DE CERVEUSE, avec rage

Ah ! pour les rattraper poursuivons-les de suite.

AUTRE SOLDAT

Courons à nos chevaux. Il s'élance précipitamment, mais au même instant un éclair illumine la scène, une gerbe de feu tombe sur lui et il s'affaisse foudroyé sur le sol.

UN SOLDAT, se mettant à genoux

Mes amis, à genoux.

A de Cerveuse.

Nous ne marcherons pas le ciel est contre vous !...

FIN DU TROISIÈME ACTE

ACTE QUATRIÈME

LES TRAITRES

La scène représente une grande salle. En face une porte dont les deux battants sont ouverts, donnant sur une sorte de promenoir, où l'on voit circuler Seigneurs et Grandes Dames. En face et à droite, entre deux forts piliers, une petite porte étroite De même en face et à gauche. A droite une grande fenêtre. Un peu plus en avant une porte dérobée. A gauche une porte donnant accès à la salle du festin. Grande animation, au fond du théâtre, parmi les groupes.

SCÈNE PREMIÈRE

LE VICOMTE BONNARD ; LE CHEVALIER DU TERRIEN ; LE CHEVALIER DU VERNON

LE CHEVALIER DU TERRIEN

Et l'on n'a jamais su quels étaient les coupables ?

LE VICOMTE BONNARD

On chercha mais en vain.

LE CHEVALIER DU VERNON

              Ainsi ces misérables
Sont restés inconnus ?

LE VICOMTE BONNARD

            Un soldat, paraît-il,
Allait tout dévoiler au Comte. Son babil
Devait gêner quelqu'un. Le soldat n'y prit garde.
Or, s'étant avancé dans le bois par mégarde,
Il fut assassiné près d'un rang de cyprès,
Où l'on le retrouva, dit-on, huit jours après.
Son corps était criblé d'affreuses meurtrissures,
D'où s'échappait à flots le sang de ses blessures ;
Et son poignard broyé, sur le sol étendu ;
Témoignait qu'il s'était hardiment défendu.

LE CHEVALIER DU TERRIEN

Pourquoi donc allait-il dans ces lieux solitaires ?

LE CHEVALIER DU VERNON

C'est égal sur ces faits planent de grands mystères.

LE CHEVALIER DU TERRIEN

Oui, c'est tout un roman.

LE VICOMTE BONNARD

Ce n'est pas tout, Messieurs.
Revenons, s'il vous plaît, un moment dans ces lieux,
Où nous avons laissé les deux amants en fuite.
Pendant que l'assassin se met à leur poursuite,
Celle qui les avait protégés tout-à-coup
Si courageusement, fuyait à pas de loup.
On trouva de son sang — qui par intermittence
Jaillissait sur le sol — de distance en distance.
Elle dut recevoir plusieurs coups de couteau.

LE CHEVALIER DU TERRIEN

Où fuyait-elle ainsi ?

LE VICOMTE BONNARD

Du côté du château.

LE CHEVALIER DE VERNON

Mystère tout cela.

LE CHEVALIER DU TERRIEN

Qu'est-elle devenue ?

LE VICOMTE BONNARD

Personne ne le sait. Elle s'est abstenue
De se montrer depuis.

LE CHEVALIER DU VERNON

Eh bien qu'en pensez-vous ?

LE VICOMTE BONNARD

Qu'elle a dû succomber aux suites de ses coups.

LE CHEVALIER DU TERRIEN

Je suis de votre avis, de Bonnard.

LE CHEVALIER DU VERNON

C'est possible.

Cette fin, après tout, paraît seule admissible.

LE VICOMTE BONNARD

Certes depuis trois mois qu'on la recherche en vain,
Fouillant fief, vallon, bois, buisson, côteau, ravin,
Que peut-on supposer ?

LE CHEVALIER DU VERNON

A propos l'épousée

Vous la trouvez ?

LE VICOMTE BONNARD

Charmante !

LE CHEVALIER DU TERRIEN

Ah ! plus d'une grisée

D'une élévation si grande, montrerait
Moins de simplicité, de candeur et d'attrait.

LE CHEVALIER DU VERNON

Adrien ne pouvait la mieux choisir, Vicomte.

LE CHEVALIER DU TERRIEN

Il l'aime à la folie à ce que l'on raconte ?

LE VICOMTE BONNARD

Depuis le fameux soir où fuyant éperdus,
Au milieu de la nuit, dans les sentiers perdus,
Risquant à chaque instant dans ces lieux peu propices
D'aller perdre la vie au fond des précipices,
Il ne l'a plus quittée un instant.

LE CHEVALIER DU VERNON

Craindrait-il

De voir encor surgir quelque nouveau péril ?

LE VICOMTE BONNARD

Non, je ne le crois pas.

LE CHEVALIER DU TERRIEN

Pardieu qu'a-t-il à craindre

Dans un pareil castel ? Qui pourrait donc enfreindre
La consigne et venir jusqu'à lui ? Des assassins ?

N'est-il pas à l'abri de leurs sombres desseins ?

LE CHEVALIER DU VERNON

Il la cache pourtant.

LE CHEVALIER DU TERRIEN

Bah ! c'est parce qu'il l'aime.

LE CHEVALIER DU VERNON

C'est égal, Chevalier, pour moi c'est un problème,
Et dans tout ce qu'on dit, je ne vois rien de clair.
Oh ! il se passe ici quelque chose dans l'air.

LE CHEVALIER DU TERRIEN

Chevalier... ah ! je ris...

LE CHEVALIER DU VERNON

Oh ! riez à votre aise...

LE CHEVALIER DU TERRIEN

Peste ! on croirait vous voir griller sur de la braise,
Chevalier du Vernon !

LE CHEVALIER DU VERNON

Chevalier du Terrien,
On est souvent surpris lorsqu'on ne croit à rien.

Le Vicomte Bonnard et le Chevalier du Terrien éclatent de rire en s'éloignant.
Le Chevalier du Vernon les suit.

SCÈNE II

DE CERVEUSE, seul

Le complot est conduit avec intelligence.
Enfin je vais pouvoir savourer ma vengeance !
Satisfaire ma haine ! oui, nous l'emporterons !
Cette fois la victoire est à nous, nous l'aurons !
Pendant que vous poussez des clameurs d'allégresse
Vos ennemis sont là près de la forteresse !
Agenouillez-vous donc devant le Saint Autel,
Vous avez, mes amis, compté sans un mortel !
Quoi ! vous pensiez qu'on peut sans crainte, sans surprise,
Anéantir un cœur que votre œil électrise,
Et torturer ainsi par un mépris sanglant,
Un Seigneur qui vers vous ne venait qu'en tremblant.

Non, non ! détrompez-vous ! bientôt vos fiançailles,
Vont soulever ici d'affreuses représailles.
Si vous ouvrez alors votre œil éblouissant,
Vous vous verrez cercler d'une mare de sang !
Et celui qu'à cette heure on repousse, on accable,
Saura bien à son tour devenir implacable !

SCÈNE III

DE CERVEUSE; DE COURCY

DE COURCY, marchant vivement vers Cerveuse

Tout est prêt. De Ségur déjà sur son cheval,
N'attend que le moment de donner le signal.
Quand par trois fois son cor vibrera dans la plaine,
Comme vibre en nos cœurs notre implacable haine,
Nous pourrons aussitôt à ce commandement,
Faire entendre aussi nous notre rugissement !

DE CERVEUSE

Les lions sont sortis de leur sombre tanière,
Nous verrons si tu peux les prendre à la crinière.

DE COURCY

Le Comte est fort tranquille et ne se doute pas
Qu'un essaim d'ennemis est placé sous ses pas.

DE CERVEUSE

Non, il ne croyait pas alors à cette histoire ;
Il pensait fermement posséder la victoire.
Trois mois se sont passés, et Ségur plus puissant,
Revient pour assouvir sa rage dans leur sang.

DE COURCY

Ah ! justice de Dieu, tu vas voir, mon cher maître,
Si nous savons clouer un visage de traître !

DE CERVEUSE

Courcy, parlez plus bas.

DE COURCY

        Mais que devient Richard ?
Pourquoi n'est-il pas là ?

DE CERVEUSE

Je le tiens à l'écart
Prisonnier. Croyez en mon flair et ma science :
Il ne m'inspirait plus que de la méfiance.

DE COURCY

Nous avions son serment vous l'avez dégagé.
Peut-être aviez-vous tort. Il s'était engagé
A servir nos projets et donna sa parole.
Or, Richard était homme à bien remplir son rôle.

DE CERVEUSE

Je le conteste, ami. Mais changeons de sujet.
Ecoutez-moi.

DE COURCY

Parlez.

DE CERVEUSE

Vous voyez cet objet.

DE COURCY

Eh bien ? je vous attends.

DE CERVEUSE

Il contient un breuvage
Qui pour nous en ce jour sera de quelque usage.
Un moine me l'offrit au fond de son couvent,
Seul endroit où végète encor quelque savant.
Celui qui le boit sent avec inquiétude,
Courir sur tout son corps comme une lassitude.
Puis bientôt son esprit s'alourdit pesamment.
Il ne peut résister à cet accablement.
Il s'endort d'un sommeil que trouble quelque rêve.
Où l'endormi peut voir son corps percé d'un glaive,
Ou quelque revenant qui vient lui retracer,
Un souvenir lointain qui n'a pu s'effacer.
Donc pour paralyser les mouvements du Comte
Et rendre du château la riposte moins prompte,
Vous me verrez verser à cet homme hautain,
Le philtre dans sa coupe au milieu du festin.

DE COURCY

L'idée est bien trouvée, habile, audacieuse.

DE CERVEUSE

Elle sera, du moins, pour nous fort précieuse.

DE COURCY

Quel est ce bruit ? Partons. On nous remarquerait.
C'est surtout à présent qu'il faut être discret.
D'autant plus que Girard, qui n'est qu'une harpie,
Sans cesse autour de nous se trouve et nous épie.

SCÈNE IV

ADRIEN et LOUISE. Tous deux se tiennent par le bras et se regardent
amoureusement

ADRIEN

Laissons là les danseurs. Ici plus librement
Nous pourrons loin des yeux causer seuls un moment.

LOUISE

Je vous suis, mon Seigneur.

ADRIEN

     Nous voilà donc, chère âme,
Unis à tous jamais.

LOUISE

    Oui, je suis votre femme,
Et je le dis ce mot le cœur rempli d'orgueil.
Un nouvel horizon en franchissant ce seuil,
Devant moi s'est ouvert. Oh ! je suis bien heureuse !
Vous avez cher, Seigneur, l'âme si généreuse,
Le cœur si bon, l'esprit si haut, les yeux si doux,
Qu'une femme aussitôt se laisse prendre à vous,
Et puis nul comme vous ne dit si bien les choses ;
Votre haleine enivrante a des parfums de roses !
Et l'on se sent bercée au son de votre voix
Comme au chant d'un oiseau gazouillant dans les bois !

ADRIEN

J'éprouve un charme immense, ange, à ta rêverie.
Mon cœur en t'écoutant n'est que fleurs et plairie.
Sous ton charme un démon se verrait transformé,
Que ne serais-je donc moi qui me sens aimé !

LOUISE

Ce bal me fatiguait. Pour nous fêter sans doute
Tous ces Seigneurs venaient et nous barraient la route,
Mais du moins maintenant je vous ai sans témoin.

ADRIEN

Il faut leur pardonner ils viennent de si loin.

LOUISE

Cependant ce matin, oui tandis que le prêtre,
Unissait nos deux cœurs, quand je les vis paraître
Sous des flots de rubans de soie et de velours
Conduits dans le Saint lieu par le suisse aux pas lourds,
Frémissante de joie et le vertige en tête,
Je sentis dans mon cœur vibrer des airs de fête.

ADRIEN

Oui, j'ai vu fuir alors des flammes de tes yeux.

LOUISE

Mais qu'avez-vous, Seigneur, vous semblez soucieux.

ADRIEN

Ah ! malgré moi je pense à cette nuit affreuse
Où fuyant à cheval dans l'ombre ténébreuse,
Sautant rocs et fossés, allant sans savoir où,
Hélas ! pour te sauver je courai comme un fou.
J'aurais voulu pourtant me tracer un passage
Parmi ces assassins pour saisir le visage
De celui qui masqué les entraînait vers nous.
Pressentant qu'il t'aimait je devenais jaloux.
Donc bondissant sur lui, le cœur rempli de haines,
J'eus voulu voir couler tout le sang de ses veines,
Car cet homme vois-tu nous portera malheur.
Quoi ! ce monstre a levé ses yeux sur cette fleur
Et j'ai dû sans pouvoir punir sa forfaiture
Moi laisser vivre, hélas ! semblable créature !
J'en frémis de fureur. Mais je ne voulais pas
M'exposer à te perdre en tombant sous leurs pas.
Si je pouvais du moins découvrir la retraite
De celle qui toujours derrière moi discrète
A veillé sur mes jours. J'ai cherché vainement.
La pauvre femme a dû périr assurément.

Mais que ce ne soit pas, ô pauvre femme obscure
Sans avoir salué ta si noble figure !

LOUISE, se jetant dans ses bras

Ah ! cet élan du cœur est digne et déchirant,
Vous avez, cher Seigneur, un cœur superbe et grand !

ADRIEN, voyant la grande porte s'ouvrir et la foule apparaître

Nos amis ont déjà remarqué notre absence
Et reviennent vers nous comme en reconnaissance.

SCÈNE V

ADRIEN ; BERNARD ; LOUISE ; PREMIER TROUBADOUR ;
DEUXIÈME TROUBADOUR ; DE COURCY ; DE CER-
VEUSE ; CHEVALIER DU TERRIEN ; CHEVALIER DU
VERNON ; DAMES ET SEIGNEURS.

BERNARD

Deux Troubadours charmants demandent à vous voir.
Ils sont là tous les deux, faut-il les recevoir ?

LOUISE

Chasser des Troubadours ? Suis-je donc inhumaine ?
Père, l'oubliez-vous ? Vite ! qu'on les amène !

Les deux Troubadours entrent suivis de tous les personnages désignés plus
haut. Louise s'asseoit à côté d'Adrien sur un fauteuil au milieu de la scène.
Elle est entourée des Dames et des Seigneurs. Les Toubadours se tiennent
en face et un peu sur la gauche.

PREMIER TROUBADOUR

Nous saluons en vous la reine des amours.

LOUISE

Soyez les bienvenus ici mes Troubadours.

PREMIER TROUBADOUR

Voyageant tristement à travers la campagne,
Soudain nous avons vu perché sur la montagne
Ce roc majestueux de cent murs entouré
Qui se développait dans un ciel azuré.
En contemplant ses tours, ses puissants murailles,
Un frisson tout-à-coup passa dans nos entrailles.
Mais on nous dit bientôt : pourquoi frissonnez-vous ?

Une belle y demeure ainsi que son époux.
Son œil est caressant, son aspect est candide,
Et sous ses cheveux d'or un visage splendide
Vient de suite éblouir les yeux de l'imprudent,
Qui croit qu'on fait pâlir l'astre en le regardant !

LOUISE

C'est mille fois gentil de parler de la sorte.
Oui, vous avez bien fait de franchir notre porte ;
Pour vous récompenser vous resterez ici
Durant un mois et plus, car je le veux ainsi.
Et vous serez traités comme seigneurs et princes.

PREMIER TROUBADOUR

Aussi n'oublierons-nous à jamais vos provinces.

LOUISE

Eh bien racontez-nous quelque fait merveilleux,
Quelque héroïque amour, quelque duel fabuleux,
Ou bien si vous versez dans la plaisanterie,
Dites-nous gentiment quelque bouffonnerie.
Je laisse à votre choix le soin de décider.

PREMIER TROUBADOUR

C'est bien, je vais chercher du moins de vous broder
Quelque conte inédit. Je commence.

LOUISE
                              J'écoute.

PREMIER TROUBADOUR

Dans certain château fort, effrayante redoute,
Vivait, on le raconte, autrefois un Seigneur.
Ce n'était certes pas un modèle d'honneur.
Mais je dois ajouter que de tels barbares
Sont parmi nos Seigneurs des gens tout-à-fait rares.
Le malheur a voulu qu'il en naquit un jour.
En observation l'œil braqué sur sa tour,
On le voyait souvent retenant son haleine,
Détailler avec soin chaque pli de la plaine
Et si soudain par là passait un voyageur,
On voyait aussitôt surgir notre égorgeur

LOUISE

Tu nous présentes là quelque noir personnage

Que je n'eus point voulu voir dans mon voisinage.

PREMIER TROUBADOUR

Un des vassaux voisins un beau jour l'invita
A chasser dans son fief. Cette offre le tenta.
Suivi de ses archers, il vint dans ses domaines
Et près de lui se tint environ six semaines.
Un soir que l'on causait vidant son verre à deux
L'amphytrion touchant un sujet hasardeux,
— Il commençait, je crois, d'avoir le vin trop tendre, —
Eprouva bien à tort le besoin de s'étendre.
Alors il raconta que dans un petit coin
Il cachait un trésor avec le plus grand soin.
Et prenant tout-à-coup sa voix gaillarde et vive,
Il conduit trébuchant au trésor son convive.
Oh ! sans perdre un instant notre homme le tua,
S'empara du trésor, puis il insinua
A l'hôtesse, le monstre ! avec un air finâtre,
Qu'il devait au plus tôt revenir dans son atre.
Il venait de partir, quand prise de soupçon,
— Elle savait l'époux porté pour la boisson —
La femme parcourant en détail chaque salle,
Est dans l'une arrêtée à l'odeur qu'elle exhale.
Elle voit aussitôt son époux étendu
La face sur le sol, inanimé, perdu !...
Elle s'évanouit alors. — Le crépuscule
Se dégageait déjà d'un voisin monticule
Quand reprenant ses sens elle se réveilla.
Tout d'abord un sanglot douloureux l'étrangla.
Lorsqu'enfin se levant et reprenant courage
Auprès du corps aimé dans un accès de rage,
Elle dit tout-à-coup : « va, je te vengerai ! »
Tout le monde savait que cet homme exécré
Pour son fils en bas âge était plein de tendresse.
Elle voulut porter sa rage vengeresse
Sur cet enfant aimé pensant se mieux venger.
Elle imagina donc un soir de le changer.
Mais notre femme avait trop parler par avance
A quelque homme maudit, lequel de connivence
Avec son ennemi, sut si bien la capter
Qu'il connut son secret et l'alla répéter.
C'était un autre enfant quand passant comme une ombre

Elle vint le changer un soir qu'il faisait sombre.
Elle apportait son fils, il lui fut rapporté.
Et l'enfant du Seigneur fut en réalité
Celui qu'elle adora, d'une âme inassouvie,
Dans les plus grands transports, durant toute sa vie.
Le destin quelquefois donne tort au meilleur :
Au mauvais c'est la joie, au bon c'est le malheur !

DEUXIÈME TROUBADOUR

Oh ! plaignez cette mère,
Son fils fut malheureux,
Sa destinée amère,
Et son sort désastreux !
Elle voulut, chimère !
Un bonheur dangereux,
Mais ce fut la misère,
Oh ! vraiment c'est affreux !

Tu mourus pauvre femme,
Sans connaître celui
Qui saisi dans ta trame
N'avait plus ton appui.
Mais aussi pourquoi, dame !
Tirais-tu de l'étui
Sur ton fils cette lame
Quand c'était pour autrui

LOUISE, au Troubadour

J'espère à l'avenir te voir moins alarmiste.
Ton conte était gentil, mais il était fort triste,
Il m'a fait, sais-tu bien, frissonner jusqu'aux os ?...
Tu vas donc sans tarder jeter ces noirs pinceaux
Et nous dire au dessert quelque histoire plaisante.

UN VALET, annonçant

Le festin est servi, que chacun se présente !

Louise et Adrien entrent les premiers, puis toutes les Dames et tous les Seigneurs.

SCÈNE VI

LA BERTOUD, seule

Grand Dieu ! Qu'ai-je entendu ! Vraiment, c'est singulier !

J'ai failli suffoquer derrière ce pilier !
Oui, de ce conte encor mes oreilles bourdonnent !
Mes genoux ont fléchi, mes forces m'abandonnent !
Oh ! j'ai cru que j'allais m'affaissant comme un bloc
Me broyer lourdement le crâne sur le roc !
Et tandis que ce chant douloureux me pressure
Je sens là sur mon sein se rouvrir ma blessure.
Je respirais à peine... Un mal horrible, affreux,
Brisait ce pauvre cœur déjà si malheureux !
Oh ! comment ai-je pu, moi qui me tiens à peine,
Supporter tout-à-l'heure une si grande peine !
Oh ! oui, j'ai bien souffert, quand d'un air triomphant
Ce troubadour a dit : vous n'avez plus d'enfant !...
Ainsi ce malheureux, rebus de la nature,
Qui vécut dans la boue et dans la pourriture,
Et qui mourant de faim, mourait aussi de froid;
Ce pauvre être innocent que j'avais par surcroît,
Et que je regardais comme la vive image
De celui qui m'avait fait le plus grand dommage :
Cet enfant écloppé, difforme et souffreteux
Qui servait de risée, oui cet enfant piteux
Enlaidi par les maux, le manque et la souffrance,
Qui réclamait la mort comme une délivrance,
Cet enfant, cet enfant, était mon fils ! Horreur !. .
Oh ! c'en est trop ! mon âme enfin entre en fureur !
Oui, quand cesserez-vous, Dieu sombre, impitoyable,
De mettre à me meurtrir cette ardeur effroyable !
Si sur moi votre main devait s'appesentir
Il fallait dans un gouffre aussitôt m'engloutir !...
Mais lui qu'avait-il fait ? Ce cœur plein d'innocence
Qui ne put dépasser l'âge d'adolescence
Et qui pourtant souffrit tous les maux réunis,
Oh ! tandis qu'ici-bas vivent tant d'impunis !
Pourquoi l'avoir frappé presque à la fleur de l'âge?
N'était-ce pas à moi d'entrer dans son sillage ?
Oh ! pauvre enfant, pardon ! c'est moi qui t'ai perdu !
Je te voulais heureux, je t'ai mal défendu !
Mais aussi je devais deviner, mon pauvre être,
Que tes pleurs n'étaient pas ceux du fils de ce traître !
Non, je n'ai rien compris. Oh ! mon esprit se perd
Après tant de malheurs ! hélas ! j'ai tant souffert.
Je veux revoir mon fils ! il faut qu'on me le rende !

Ah ! prenez garde à vous, car ma colère est grande !
Mon fils ! je veux mon fils ! le rendrez-vous enfin !
Vous ne voyez donc pas qu'il va mourir de faim !...
Mais non, c'est un bûcher, j'en vois sourdre la flamme !
Oh ! qui l'a donc mis là ? C'est encor cet infâme !
Quand finiras-tu donc, ô monstre repoussant,
De me broyer les os, de me sucer le sang !...
Mais qu'ai-je dit ? Un voile inconcevable et sombre
Recouvrait ma paupière et faisait tâche d'ombre.
Non, non, mon fils n'est point cet être monstrueux !
Il a la mine altière et l'air majestueux !
Oh ! comment ai-je pu, mon fils te méconnaître !
N'es-tu pas toujours l'ange aimé que j'ai vu naître ?
N'es-tu pas mon vrai fils ? Celui qu'un fol amour
Voulut pour me venger te voir puissant un jour ?
Celui que j'ai porté sous ces sombres murailles ?
Celui que j'ai senti frémir dans mes entrailles ?
Le supplice est trop grand et j'accours près de toi
Pour t'avouer enfin que ta mère c'est moi ! —
Je ne sais ce que j'ai, mais je me sens tremblante !
Un froid court sur mon corps et je suis chancelante !
Ah ! s'il allait me dire : — Oh ! en me repoussant ! —
Le sang qui coule en moi n'est pas de votre sang !
Comment lui raconter, pour qu'il puisse me croire
Et m'appeler sa mère, une si sombre histoire !
On vient. Elle se cache derrière le pillier.

SCÈNE VII

LA BERTOUD ; DE COURCY ; DE CERVEUSE

On entend trois fois le bruit du cor.

DE COURCY, s'approchant de la fenêtre.

C'est le signal convenu. Regardez.

DE CERVEUSE

Parfait ! dans un moment il seront débordés.
Les points sont occupés. Pas une sentinelle
Ne garde les abords.

DE COURCY

Pourtant sous la tonnelle
On dirait...

DE CERVEUSE

Non, voyez : c'est encor un archer
De Ségur.

DE COURCY

L'imprudent va se faire hacher !

DE CERVEUSE

Baissons le pont-levis ils rentreront en foule.

DE COURCY

C'est juste. Accourons donc avant qu'on les refoule.

Ils sortent par la petite porte de droite.

SCÈNE VIII

LA BERTOUD, puis tous les personnages de la salle du festin

LA BERTOUD

O traîtrise odieuse ! ò complot infernal !
C'est pour te frapper, fils, qu'est parti ce signal !
Ils veulent te tuer ! j'ai deviné le piège
Qu'ils ont imaginé ! plus de doute .. on t'assiège !
Ils bavaient leur venin dans ta propre maison,
Mais je vais te sauver !

Courant à la salle du festin et écartant la draperie.

Trahison ! trahison !...

Tous sortent effarés.

BERNARD

Dieu ! que se passe-t-il ?

LOUISE

Je tremble d'épouvante !
D'où vient, oh ! réponds-moi, que ta voix est tremblante ?

LA BERTOUD

Vous êtes assiégés !

Elle se dirige vers le fond du théâtre et sonne la cloche d'alarme, on voit les soldats accourir de tous côtés.

LE CHEVALIER DU TERRIEN

Quoi ! vraiment ?

ADRIEN, près de la fenêtre

Je le crois.

L'ennemi vient déjà par trois points à la fois.
Regardez !

LE CHEVALIER DU TERRIEN

C'est bien vrai.

ADRIEN

On entend le bruit des cors.

Donnez-moi mon épée.

LE CHEVALIER DU VERNON

Par Cerveuse et Courcy la porte est occupée.
Oui, nous sommes trahis.

ADRIEN

Vite ! défendons-nous !
Ne perdons pas de temps, et rendons coups pour coups !

BERNARD

C'est Ségur qui revient.

ADRIEN

Ah ! c'est toi, misérable !

BERNARD

Dépêchons nous, Seigneurs, cet homme est redoutable !

Ils se retirent tous moins Adrien et Louise.

LOUISE, s'emparant d'Adrien

Adrien !...

ADRIEN

Laisse-moi...

LOUISE

Je sens, je vais mourir.

ADRIEN

Ah ! laisse-moi, sinon nous allons tous périr !

LOUISE

Je veux te suivre !

ADRIEN

Non, on te tuerait !

LOUISE

Je tremble...

ADRIEN

Laisse-moi ! laisse-moi ! l'ennemi se rassemble !

LOUISE

Oh ! Adrien...

ADRIEN

Louise... Entends-tu ces rumeurs ?
Adieu !

LOUISE

Non ! pas encore...

ADRIEN

Oh ! laisse-moi.

Il s'échappe.

LOUISE, tombant

Je meurs.

SCÈNE IX

Le Comte sort de la salle du festin. Il marche d'un pas mal assuré. Il paraît être en proie à quelque idée qui l'obsède. Tout craintif il s'arrête à chaque instant dans l'ombre. Tout-à-coup on voit paraître des fantômes autour de lui, parmi lesquels se trouvent le Père Jean et Le Boitard. Il les contemple avec effroi, pousse un cri et tombe. Les fantômes s'éloignent. On voit alors entrer Richard l'épée à la main, qui se dirige vers le Comte.

RICHARD au Comte

Ce n'est pas le moment de se laisser abattre,
Seigneur, réveillez-vous, c'est l'heure de combattre !

FIN DU QUATRIÈME ACTE

ACTE CINQUIEME

LE CHATIMENT

La scène représente une des parties fortifiées du château. La scène est sombre. Sur le sol on retrouve tous les indices d'un combat acharné : armes abandonnées, soldats et chevaux étendus morts, comme on peut se les représenter après une grande bataille. Le Comte et Richard blessés grièvement, étendus à terre, se trouvent placés sur le plan antérieur.

SCÈNE PREMIÈRE

LE COMTE ; RICHARD ; ADRIEN

ADRIEN, arrivant par la gauche à la tête de ses soldats, l'epée à la main.

Soldats, un dernier coup. Partout l'ennemi fuit.
Vous vous êtes conduits en héros cette nuit.
Couchés sous vos genoux, broyés de meurtrissures,
Ils inondaient le sol du sang de leurs blessures !
Car ce fer que vos mains brandissaient dans les airs,
Faisait siffler la nue et l'emplissait d'éclairs !
C'est ainsi, fiers soldats, qu'on se couvre de gloire !
Allons ! un dernier coup ! achevons la victoire !
Sur tous ces ennemis dont vous êtes vainqueurs,
Enfoncez bravement vos poignards dans leurs cœurs !
Oui, sans merci, sans grâce, à cette heure dernière,
Il faut, mes bons amis, qu'ils mordent la poussière !...

UN SOLDAT

Nous vous suivons, Seigneur.

ADRIEN

C'est bien, en vous j'ai foi.
Allons les écraser... mes braves, suivez-moi !

Ils sortent par la droite.

SCÈNE II

RICHARD ; LE COMTE

LE COMTE, se soulevant péniblement

Êtes-vous là, Richard ?

RICHARD, mettant la main sur sa blessure

Je me meurs. — O torture !
Je devais donc ici trouver ma sépulture !
Fatal destin ! voyez : j'ai le sein traversé !
L'astre de mon bonheur hélas ! s'est éclipsé !
Celui qui règne au ciel tout puissant sur les êtres,
Pour prouver sa justice abat ainsi les traîtres !

LE COMTE

Quoi ! que dis-tu ? Grand Dieu !

RICHARD

Comte, pardonnez-moi...
Soyez compatissant...

LE COMTE

Te pardonner, pourquoi ?
Es-tu coupable, dis ?

RICHARD

Je le suis en personne,
Hélas ! c'est pourtant vrai. Ma dernière heure sonne,
Mais avant de mourir le cœur triste, affligé,
Je veux d'un grand remords être enfin soulagé.

LE COMTE

Tu trahissais celui qui fut pour toi si tendre.

RICHARD

Pardonnez au perfide ami. Veuillez l'entendre.
Sachez qu'il fut en proie aux plus affreux remords,
Qu'il expia son crime et répara ses torts
Par un vrai repentir. Oui, de moi j'avais honte
Vraiment, d'être parjure à mon Seigneur et Comte.
Cerveuse s'en douta. C'est alors sans tarder
Qu'il me fit dans un noir cachot barricader.
J'allais mourir. Soudain dans la nuit indécise

Je vois auprès de moi qu'une femme est assise.
Je l'appelle elle vient et coupant le lien
Qui m'enchaînait, me dit : va ! protège Adrien !
Délié d'un serment et n'ayant plus d'entrave,
J'accourrai près de vous pour succomber en brave.
C'est ainsi que j'ai pu venir vous secourir.
Pardonnez à celui qui va bientôt mourir.

LE COMTE

Je pardonne à l'ami qui, grand et magnanime,
Effaça tous ses torts par une fin sublime.

RICHARD

Merci, Seigneur, adieu ! ... Il tombe mort

LE COMTE, appelant

Richard ?... Il l'examine
Mort !... pauvre ami,
D'ici peu près de toi je vais être endormi ! Il s'évaouit.

SCÈNE III

LA BERTOUD ; LE COMTE, évanoui

LA BERTOUD, regardant parmi les soldats morts

Il me faut éclaircir cet horrible mystère !
Oh ! si j'allais le voir ici gisant à terre !
Te perdre, pauvre fils ! lorsque notre horizon
Apparaissait si beau ! j'en perdrais la raison !
J'en mourrais de chagrin ! faudra-t-il, ô supplice !
Boire jusqu'à la lie au fond du noir calice !
Cherchons, cherchons encore. Au milieu de ces morts,
De ces braves, je sens tressaillir tout mon corps.
Ne vous revoyant plus que vout dire vos mères !
Que de nuits sans sommeil que de larmes amères !
O néant de la vie ! ô sombre éternité,
Où l'on voit s'engouffrer toute l'humanité !
Oui, c'est là que finit : grandeur, amour ou haine.
Oh ! dites-moi pour vivre est-ce donc bien la peine
D'essuyer tant de maux ? Nous finissons tous là.
Mais mourir comme vous, c'est beau, c'est grand cela !
Je ne vois pas mon fils.... Pas un rayon ne dore

Ce lieu sinistre, affreux. Réponds, fils que j'adore.
Oh ! non, ne réponds pas ! vous l'avez épargné !
Mon Dieu ! merci. Mon cœur a déjà tant saigné !
Mais on se bat là-bas. Que ne puis-je te suivre !
Car si tu meurs, je n'ai, moi, plus besoin de vivre !
Mais que viens-je d'entendre ? Un soupir... ici... reconnaissant le Comte

                                                        Ciel !

Oh ! je sens dans mon cœur bouillonner tout mon fiel !
C'est bien lui... plus de doute ! ah ! c'est toi, misérable !
L'homme au regard de feu dont le bras exécrable
Fit couler tant de sang et verser tant de pleurs !
A ton tour te voilà plongé dans les douleurs !
Ton sourire est amer et ta lèvre maussade...
Vraiment n'attends-tu pas de moi quelque embrassade ?
Ta figure est livide et tu perds tout ton sang !
Mais tu n'as pas été toujours fort caressant !
Tu voudrais du secours ? Ton oreille était sourde
Autrefois, si ta main était cruelle et lourde.
Oh ! tu souffres, dis-tu ? Mais d'autres ont souffert,
Quand tu jetais sur eux ton œil de Lucifer !
C'est maintenant mon œil que sur ton œil je darde !

LE COMTE, revenant à lui

Qui va là ?

LA BERTOUD

    C'est moi.

LE COMTE

        Qui ?

LA BERTOUD

                    Me connais-tu ? Regarde !

LE COMTE

Je ne te connais pas.

LA BERTOUD

        Oh ! si ! tu me connais.

LE COMTE

Mes souvenirs pourtant...

LA BERTOUD

                    Mes traits sont bien fanés

Alors. Regarde encor !

LE COMTE

Je ne t'ai jamais vue.

LA BERTOUD

Vraiment ? Passe-moi donc un peu mieux en revue.
Tu me reconnaîtras. Allons ! plonge tes yeux
Jusqu'au fond de mes yeux. On n'est pas oublieux,
Je suppose, à ce point. Rafraîchis ta mémoire.
Cherche dans le passé quelque aventure noire...
Tu me reconnaîtras !

LE COMTE

Je ne me souviens pas.

LA BERTOUD

Les yeux sont donc voilés lorsque vient le trépas ?
Ecoute alors, je vais te conter cette histoire.
— O souvenir brûlant qui trouble ma mémoire ! —
Ecoute. — Il existait un cœur grand, généreux ;
Bon et compatissant, superbe et valeureux.
Dans ses yeux on voyait frissonner sa grande âme.
Il était noble et fier, c'était un vrai preux, dame !
Il devint mon époux, je l'aimais comme un Dieu.
Ce que je ressentais pour lui, c'était du feu !
Un jour, — oh ! je frémis de rage ! — vint un traître.
Tiens ! il me semble encore ici le voir paraître ;
Il me semble revoir ce visage hideux,
Comme si nous étions face à face tous deux !...
Oh ! que va-t-il lui faire... il lui plonge sa lame !
Mon époux va mourir ! ciel ! il a rendu l'âme !...

LE COMTE

Ton nom ? Dis-moi ton nom ?

LA BERTOUD

J'allai vers son château
Et voulus me venger. Couverte d'un manteau
Long et noir, en rampant, je vins dans sa demeure
Au milieu de la nuit. Tout dormait à cette heure.
— Personne ne me vit, on n'en sut jamais rien —
Je lui pris son enfant et lui laissai le mien !
Celui-ci fut heureux, choyé sur cette terre ;
Il vécut sans tracas sous l'abri du mystère ;

Plus d'un Seigneur trembla devant son gonfanon ;
Il eut tous les bonheurs.

LE COMTE

Me diras-tu ton nom ?...

LA BERTOUD

Je vois — pour m'écouter jusqu'au bout — qu'il t'en coûte.
Ainsi tu veux savoir quel est mon nom ? Ecoute :
Je suis celle qu'un soir l'œil sinistre, atterré,
S'écria dans sa rage : oh ! je me vengerai !
Revenons. — Celui-là fut pauvre et misérable !
Il eut un sort affreux, lugubre, impitoyable !
Il vécut avec moi dans un vilain réduit,
Où nous nous réfugions lorsque venait la nuit !
Le plus souvent sans pain et la figure blême,
Nous jeûnions, malgré nous, en dehors du carême !
Hélas ! il n'a connu que malheurs et tourments !
Comte, c'était ton fils !...

LE COMTE

Quoi ! mon fils ? lui !... tu mens !...

Il éclate d'un rire satanique.

LA BERTOUD

Ce n'était pas ton fils ?...

LE COMTE

Tu montres ta surprise !
On dirait, palsembleu ! que cela te dégrise !
Allons ! écoute moi puisque tu veux savoir.
Une femme venait au château chaque soir.
Plusieurs fois je la vis du bord de ma fenêtre.
Pensant avec raison qu'elle en voulait au maître,
Je voulus m'entends-tu dévisager ses traits.
Un soir qu'elle était là je m'avançai si près
Que je pus aisément regarder son visage.
De la lune un rayon traversant un nuage,
L'illumina soudain comme un globe argenté !
Je reconnus alors cette fière beauté.
On voyait de son œil s'échapper une flamme,
Tout disait qu'elle avait quelque haine dans l'âme.
Dès lors je ne songeai — redoutant son courroux —
Qu'à me mettre au plus tôt à l'abri de ses coups.

Or, c'était sur mon fils que cette femme sombre,
Voulait porter ses coups sournoisement dans l'ombre.
Je partis un matin, et loin de tout regard,
J'apportai mon enfant, chez mon vassal Bernard.
Personne n'en sut rien ; la chose fut secrète
Et conduite par moi d'une façon discrète.
Mais comment l'éloigner des crocs de ce serpent
Définitivement ? Ce fut en la trompant,
Comme tu vas le voir : près de moi je fis mettre
Un enfant que l'on crut être le fils du maître !

LA BERTOUD

Misérable !... il a fait cela tel qu'il le dit !
J'aurais dû le prévoir, c'est un être maudit !
Un monstre... contemplez cette sombre figure,
Ce regard de vautour et de mauvais augure
Ce sourire sinistre et cet air triomphant !
C'est lui qui ce soir là m'a volé son enfant !
Et c'est moi qui tombai sottement dans ma trappe !
Oh ! ciel ! foudroyez-moi ! ma vengeance m'échappe !...

LE COMTE

Allons ! ton compliment est assez bien tourné !
Mais pourquoi m'interrompre ? Ai-je donc terminé ?

LA BERTOUD

Qu'a-t-il pu faire encor ?

LE COMTE

Tu redeviens plus tendre ?

LA BERTOUD

Oh ! parle...

LE COMTE

Ecoute alors.

LA BERTOUD

Ne me fais pas attendre.

LE COMTE

Bien. Aux abords du bois, dans un coin retiré,
Où n'a percé jamais un seul rayon doré
S'élevait autrefois une étroite masure.
Là, loin des curieux, au fond d'une embrasure
On voyait une aveugle au front silencieux.

Un enfant y vivait caché pour tous les yeux.
L'aveugle l'élevait et dans son innocence
S'imaginait que nul n'en avait connaissance.
Soudain elle se lève, ouvre la porte et sort.
Elle écoute et constate un silence de mort,
Que troublait loin de là le seul bruit d'une source.
Enfin vers le village elle porte sa course !

LA BERTOUD

Oh ! que va-t-il me dire !

LE COMTE

Ecoute...

LA BERTOUD

Je blémis...
Cet homme est infernal ! qu'a-t-il fait ? J'en frémis.

LE COMTE

On dirait, n'est-ce pas, que cela t'intéresse ?
Près du sombre logis que quitte la pauvresse,
Tout-à-coup apparaît un homme. A travers
La croisée il regarde et ne voit rien.

LA BERTOUD

Pervers,
Ce devait être toi.

LE COMTE

Passant par la fenêtre
Aussitôt, il dépose un pauvre petit être
Qu'il cachait sur son sein ; enlève l'autre et fuit.
Personne ne vit rien ; il faisait déjà nuit.

LA BERTOUD

Tu rapportais mon fils ? Réponds-moi, misérable !

LE COMTE

Une telle démarche était fort honorable.
Tu me l'avais porté, je te le rapportai.
Vas-tu donc m'accuser de manquer de bonté !
Puis ne fallait-il pas redonner à sa mère
L'enfant que tu volas dans mon château, ma chère ?...

LA BERTOUD

Démon !... c'était mon fils ! et je n'en savais rien ?

O sort funeste ! et moi qui protégeais le sien !
Oh ! ce monstre maudit sans pitié me harcèle !
O torture ! je meurs... du secours... je chancelle !
Mon Dieu, n'ai-je donc pas encore assez souffert ?
Oh ' cet homme à lui seul réunit un enfer !
Tout-à-l'heure pendant que je brûlais la fièvre,
Il m'a dit tout cela le rire sur la lèvre.
On eut dit qu'un stylet pointu me pénétrait,
Et son œil rayonnait lorsqu'il me torturait !
Non, plus de doute, hélas ! par moi-même frappée,
J'ai conduit sur mon se n la pointe de l'épée.
Sans lui prendre son fils, moi, j'ai perdu le mien.
Sombre dérision, je protégeai le sien
Pendant que sur mon fils j'assouvissais ma haine !
Et mon glaive vengeur se rouillait dans sa gaîne !
Impitoyable sort qui frappe l'innocent !
Mon Dieu, qu'attendez-vous, pour lui donner mon sang ?
Il fut jusqu'à ce jour aidé par vous, j'espère.
Eh bien, jusqu'à la fin, soyez pour lui prospère !
Digne de votre appui qu'il soit toujours vainqueur,
Car il vous bénira jusqu'au fond de son cœur !
Oh ! mon esprit se perd... Je suis bien malheureuse !
Ma destinée, hélas ! était sinistre affreuse.
Oui certes, qu'ai-je fait ? Raisonnons un moment.
N'ai-je pas consommé mon propre écroulement ?
Je pousse mon enfant chez l'ennemi du Comte,
Il meurt. Fatalité ! tandis qu'alerte et prompte
J'expose ma poitrine au fer des assassins
Et les empêche ainsi d'accomplir leurs desseins
Sur son fils. Un ami leur restait, et que fais-je ?
— Sur mon front suspendu planait un sortilège —
Je brise les liens de sa captivité
Et grâce à moi Richard reprend sa liberté.
On les trahit enfin et c'est moi qui dévoile
Les traîtres. Mais vraiment je suis leur bonne étoile !
Ainsi je te hais, monstre, et te porte bonheur !
Non, je ne pensais pas de te faire un tel honneur !
Tu m'as pris mari, fils, et tu crois leur survivre !
A mon tour de ton sang, il faut que je m'enivre !
Tu recules, bandit, devant mon pas pressant ?
Mais tu ne sais donc pas qu'il me faut tout ton sang !
De ceux que tu frappas j'embrasse enfin les haines ;

Il me faut pour cela tout le sang de tes veines.
Longtemps les gais rayons sur ton front ont glissé,
Oh ! mais tu vas mourir, car ce temps est passé.
Ne crois pas t'échapper un cercle t'environne ..
N'appelle pas surtout, il ne viendrait personne !
Je te tiens aujourd'hui dans mes griffes de fer,
Défends-toi, si tu peux, défends-toi, Lucifer !
J'ai gardé trop longtemps ma rage inassouvie !

LE COMTE

Femme, prends garde à toi, sinon, crains pour ta vie !

LA BERTOUD

Eh bien, viens donc la prendre ! à nous deux, monstre abject !
Enfin, tu va cesser, vautour, d'ouvrir le bec !

Tous les deux armés d'un poignard luttent ensemble, enfin le Comte frappé mortelle
ment tombe inanimé. Quand La Bertoud se relève elle présente elle-même une
grande blessure à la poitrine.

SCÈNE IV

LA BERTOUD, seule, puis ADRIEN ; LOUISE et les SOLDATS

LA BERTOUD

Le misérable est mort. Mais avant de s'éteindre
A la place du cœur ce monstre a pu m'atteindre.
Ah ! le coup est mortel, je sens je vais mourir.
A quoi me servirait maintenant de guérir ?
O toi qui fus mon fils, tu vas me voir, pauvre ange,
Car je meurs ! oui, je sens quelque chose d'étrange.
De la mort qui survient, sombres sensations ..
J'ai là devant les yeux de noires visions !
Mais si je meurs du moins mon âme est déchargée
De ce qui l'oppressait, car je tombe vengée ! Elle meurt

ADRIEN, allant à la rencontre de Louise et se jetant dans ses bras

Ma Louise !

LOUISE

Adrien !... oh ! ivresse des sens !
Réponds-moi, sur mon cœur est-ce toi que je sens !

ADRIEN

Oui, chère âme, et vainqueur.

LOUISE

Je vais donc, bien suprême !
Vivre à présent sans crainte auprès de toi que j'aime !

UN SOLDAT, reconnaissant le Comte qui est étendu mort

A notre nouveau maître, il nous faut rendre honneur,
Le Comte est mort, soldats.

TOUS LES SOLDATS, se mettant à genoux autour d'Adrien, l'épée à la main

Vive notre Seigneur !...

F. HUCHARD

FIN DU CINQUIÈME ACTE

ORAN. — IMPRIMERIE A. DUPONT, BOULEVARD SÉGUIN, 10.

www.ingramcontent.com/pod-product-compliance
Lightning Source LLC
Chambersburg PA
CBHW070807260626
47161CB00006B/2186